I0567239

Kolofon
©Mathias Jansson (2022)
"Di ångermanländska XI – skrönor ur det bromanska arkivet"

ISBN: 978-91-86915-58-2

Utgiven av:

"jag behöver inget förlag"
c/o Mathias Jansson
Tvärvägen 23
232 52 Åkarp
http://mathiasjansson72.blogspot.se/

Tryckt: Lulu.com

Innehåll

Skrönor

Material hämtat Hubertus och Helge Bromans folklivsarkiv i bearbetning av Hilbert Broman.

Pojken som drack böcker

Elof Olofsson kunde inte läsa. När han satt där i skolbänken och tittade ner i läroboken så dansade bara bokstäverna runt på pappret eller bildade ord på okända språk. Det var som om bokstäverna lekte med honom. Idag skulle vi säga att Elof led av grav dyslexi som gjorde att inte klarade av att läsa. Men på den här tiden när Elof Olofsson levde då förklarade man denna oförmåga att lära sig läsa för obegåvning och någon hjälp fanns inte heller att få, vilket var synd för Elof gillade verkligen böcker. När fröken hade högläsning för klassen sög han åt sig varje ord. Han gillade extra mycket Selma Lagerlöfs "Nils Holgersson underbara resa genom Sverige". Ja, Elof ville verkligen lära sig att läsa, men hur han än ansträngde sig så ville inte bokstäverna vara kvar på sin plats på pappret.

När Elof var i tonåren hörde han några äldre släktingar berätta en historia om en man som var kär i en kvinna, men varje gång han träffade henne och skulle förklara sin kärlek för henne så blev han stum och tyst. Förlägen och besviken fick han lomma hem med oförrättat ärende. Mannen var helt desperat och visste inte vad han skulle ta sig till, ja, han funderade till och med på att hoppa i älven, men då fick han rådet av en vän att besöka Kloka Karin i Brunne. Mannen uppsökte den gamla kloka gumman och av henne fick han en trollformel nedskriven på en bit papper som han skulle tugga noggrant på och sedan svälja. Sedan skulle han se att hans munläder blev välsmort och inte låste sig när han skulle prata med kvinnan. Mannen tog tacksamt emot papperslappen och tuggade på den noga innan han svalde den och nästa gång han träffade kvinna, ja, då flög alla kärleksorden ur hans mun som sötaste honungsord och kvinnan blev blixtförälskad i mannen. De gifte sig sedan och mannen blev en framgångsrik försäljare känd för sin övertalningsförmåga. På ålderns höst slog han sig ner vid

Styrnäs där han hade en lada med antikviteter som han sålde till förbipasserande turister.

När Elof hörde berättelsen slog en tanke honom. Tänk om man inte behövde läsa böckerna för att ta del av innehållet utan om man kunde äta dem? Precis som mannen hade gjort med trollformeln. Redan nästa dag tog han fram en bok som han rev i långa remsor och började tugga på. Det var svårare än hade tänkt sig att äta böcker. Det var svårtuggat och smakade konstigt. Efter ett kapitel kände han inget av den stora berättarkraften däremot fick han ont i magen. Man behöver kanske inte äta boken rå tänkte Elof, utan man ska kanske tillaga den först. Man ska kanske koka boken så orden lättare lossnar och bli enklare att ta till sig. Han hade sett hur hans mor brukade plocka spröda nässlor och lägga dem i blöt under natten för att laka ut dem och sedan koka god nässelsoppa på dem nästa dag. Om jag lägger boken i vatten under natten och sedan kokar den så kanske orden lättare lossnar och kan tas upp av kroppen tänkte Elof. Sagt som gjort Elof hämtade boken om "Nils Holgersson" och la ner den i en hink med vatten som han lät stå under natten. På morgonen såg Elof att vattnet hade blivit missfärgat av trycksvärtan som lossnat från boksidorna. Han sänkte ner sin kupade hand i hinken och smakade försiktigt på det grumliga vattnet. En stark röst hördes i hans huvud. Den berättade:

Det var en gång en pojke. Han var så där en fjorton år gammal, lång och ranglig och linhårig. Inte stort dugde han till: han hade mest av allt lust att sova och äta, och därnäst tyckte han om att ställa till odygd.

Elof kände igen orden som fröken hade läst ur boken i skolan och förstod att berättelsen hade lakats ut i vattnet. Han fyllde ett glas med vattnet och drack det andaktsfullt. Rösten i hans huvud fortsatte att berätta om Nils Holgerssons underbara resor genom Sverige. Elof insåg att i ett glas rymdes precis ett kapitel. Han hällde upp resten av vattnet ur hinken i en emaljkanna som han ställde på sitt nattduksbord och varje kväll drack han några glas vatten ur kannan och hörde hur rösten berättade ur boken för honom. När kannan var tom hade han läste ut hela boken.

När Elofs föräldrar upptäckte vad han hade gjort med skolans bok blev de förstås mycket arga, men när pojken kunde återberätta bokens handling från början till slut förstod de att de kanske låg något i detta märkliga. För i skolan hade de bara hunnit läsa halva boken och det fanns ingen chans i världen att deras obegåvade pojke skulle ha kunnat läst resten av boken på egen hand. När pojken dessutom la ner Fänrik Ståls sägner i spannen och dagen därefter drack upp hela hinken och sedan flytande kunde recitera verket från början till slut blev hans föräldrar övertygade om det märkliga. De tyckte förstås att pojken vred sig väldigt mycket och hade svårt att stå still under högläsningen och mot slutet reciterade han verserna lite väl fort. Det var först efteråt när pojken kastade sig ut bakom husknuten som de förstod att en hink vatten med dikter inte bara skapar en litterär upplevelse, utan också ett stort tryck på urinblåsan hos uppläsaren.

Med tiden blev Elof en mycket beläst man. Han studerade vidare efter folkskolan med goda betyg, och hade det inte varit för att universitetsbiblioteket i Uppsala inte uppskattade att deras böcker blev förstörda av vatten och därför förbjöd honom att låna fler böcker, så skulle Elof nog har slutat som professor i litteraturhistoria, men i stället valde han att flytta hem igen där han slutade sina dagar som en uppskattad folkskollärare och föredragshållare i vilt skilda ämnen.

7

Nu har andra försökt att upprepa Elofs bedrifter, men utan resultat. Det enda som hänt är att människor har fått sina böcker förstörda av vattnet. Han måste ha någon hemlighet, något trolleritrick som han inte har berättat, brukade folk säga. Och visst var det så, inte kan man bara dricka en bok genom att lägga den i blöt över natten, det förstår ju vem som helst. Man måste tillsätta en hemlig ingrediensen för att det ska fungera, men vilken den var det tog Elof med sig i graven. Det ryktas dock att det var någon speciellt med den hink som han använde. Det säga att hans föräldrar hade köpte den från bröderna Wikström, men det är en annan historia.

Trycksvärta på bokens blad

Redan som barn var Kurt Björkson en stor naturälskare. Han gick på långa upptäcktsfärder i naturen för att studera olika växter och djur. En sommar då han var nio år ägnade han hela sommarlovet åt att skapa ett herbarium med olika växter och blad från sin omgivning. Under en av sina många vandringar i skog och mark hittade han en dag en stor bok som växte upp på en kulle. Kurt plockade ett av bokens blad, som han saknade i sin samling, och när han kom hem la han bladet i ett tomt anteckningsblock för att det skulle pressas och torkas. När han några dagar sedan öppnade anteckningsboken och lyfte upp bladet såg han att det hade lämnat efter sig svarta tecken på det vita pappret och när han studerade den något suddiga skriften kunde han läsa:

De stora hyllorna rymde mängder av böcker i enhetliga band. De täckte alla väggarna i rummet, och i bortre änden stod stora soffor.

Det var mycket märkligt att bokens löv hade lämnat ett sådant avtryck tänkte Kurt. När Kurt kände på ytan på lövet var det oljigt och en svart vätska färgade av sig på hans fingrar. Som den framtida vetenskapsman han tänkt sig att bli beslöt sig Kurt för att återupprepa experimentet och gick redan samma dag tillbaka till boken på kullen och plockade en handfull blad som han sedan la in i anteckningsblockets blanka sidor och placerade sedan löven under press. Efter några dagars otålig väntan öppnade han anteckningsboken och lyfte på det första lövet och mycket riktigt hade det lämnat ett avtryck efter sig. Han såg att det stod:

-Det är en märklig maskin, sa officeren till forskningsresanden och betraktade inte utan förundran i blicken den maskin han var så väl förtrogen med.

Kurt lyfte upp de andra bladen och under varje blad fanns en kort text. När han kände på löven hade alla samma oljiga yta med en svart svärta som färgade av sig på fingrarna. Kurt visste inte hur han skulle tolka resultatet som han hade fått och gjorde som alla vetgiriga barn brukar göra, han frågade sina föräldrar. Hans föräldrar var nu lika oförstående och häpna över det inträffade. De kunde inte heller förklara hur texterna kommit på de blanka sidorna i anteckningsboken, men de kunde åtminstone upplysa Kurt om att texterna kom från olika kända böcker, men hur ett löv, även om det kom från en bok, kunde citera kända böcker det kunde de inte svara på.

Det dröjde nu inte länge innan ryktet spred sig i byn om den märkliga boken och folk vallfärdade för att plocka blad från boken och lägga dem i press för att se vilka dolda texter de kunde avslöja. Efter några dagar var boken rensad på alla blad och stod där på kullen kal och tom. Runt om i stugorna kunde människor efter några dagar läsa olika citat på pappren. Det var texter från barnböcker, historiska böcker, uppslagsverk, romaner och dikter. Men hur kunde dessa löv lämna citat från alla dessa olika böcker undrade alla? Det var många olika teorier som cirkulerade omkring i byn, mer eller mindre välgrundade, och ibland ledde dem till hätska debatter bland de inblandade.

En som också blev nyfiken på detta fenomen var Nya Norrlands kulturredaktör Arne Skog som såg att här fanns material till en spännande artikel som mycket väl kunde leda till att han kunde vinna länets stora journalistpris om han spelade sina kort väl. Han började därför undersöka platsen där boken växte och kunde i kommunens arkiv konstatera att det var en gammal soptipp som hade fyllts igen och där växtligheten nu frodades. Han lyckades spåra upp en gammal sopåkare från tiden då tippen fortfarande var i bruk och frågade honom om han kunde berätta något som kunde förklara det märkliga. Sopåkaren, som förresten hette Gottfrid Olsson, kliade sig i huvudet och sa att det var ju andra tider på den tiden. Allt bråte dumpades på tippen, osorterat, huller om buller och täcktes över med jord för att multna. Till vårt försvar ska väl tilläggas att det mesta var naturligt material som matrester, trämöbler, konservburkar och sånt som ganska snart bryts ner av naturen och inte så mycket konstgjorda material som vi har idag som ligger kvar i evigheter.

-Men du kommer inte ihåg att det dumpades något farligt avfall där, som gifttunnor eller radioaktivt avfall som skulle kunna förklara det märkliga som skett på platsen frågade Arne Skog.
-Nej, sån skit hade man nog dumpat direkt i älven, nej, det märkligaste som dumpades på den där tippen var väl de där böckerna svarade Gottfrid Olsson och gned sig på hakan.
-Böcker? Vilka böcker? undrade Arne Skog förvånat
-Ja, böckerna från biblioteket som lades ner. Det blev ett himla liv från den där bibliotekarien när hon fick reda på att alla böckerna hade dumpats på tippen.
-Vet du vad hon hette?
-Nä, jag läser inte så mycket böcker, utan lyssna mest på radiosporten svarade Gottfrid.

Arne Skog tackade Gottfrid för den värdefulla informationen och efter ännu en vända till kommunarkivet hade han fått fram ett namn. Hulda Broman. Han hade tur, Hulda var fortfarande vid liv, hon hade nått den höga åldern av 94 år och bodde på ett ålderdomshem i närheten. När Arne Skog klev in i Huldas rum möttes han av en liten kort, vithårig tant med stora svarta glasögon som satt försjunken i en rullstol. Arne förklarade sitt ärende för Hulda, men tanten bara tittade rakt in i väggen och

Arne befarade att hon hennes förstånd redan hade rest i förväg till glömskans dal och lämnat kroppen kvar, men när han nämnde de dumpade böckerna på soptippen då vaknade gumman till liv och började spotta ut sig en massa kraftuttryck som man inte trodde en gammal tant kunde och som absolut inte kan återges i skrift.

När Hulda hade lugnat ner sig lite fick Arne Skog reda på att Hulda hela sitt liv hade jobbat som bibliotekarie och under flera år var hon bibliotekarie på filialen i Dynäs. Trots en snålt tilltagen budget hade hon byggt upp en riktigt fin samling med böcker med både Jules Verne, Franz Kafka och många andra stora författare på hyllorna. Kommunen behövde dock spara pengar och som vanligt fick kulturen stryka på foten. Trots protester från främst Hulda, men även andra bybor lades biblioteket i Dynäs och en hel del andra filialer ned i kommunen. Tanken var att rationalisera och centralisera verksamheten till tätorterna. Böckerna skulle skickas till andra bibliotek och till olika skolor, men utan Huldas vetskap hade de obildade kommunpolitikerna istället bestämt att alla böcker skulle dumpas på soptippen i närheten då det visade sig bli för dyrt att transportera runt dem i kommunen. Så mitt i natten hämtades böckerna med en lastbil och kördes ner till tippen där de dumpades i ett hål och täcktes över med jord.

Hela vägen hem gick Arne Skog och funderade på det han hade hört. Kunde det vara så att ett träd av arten bok hade börjat växa på platsen där böckerna hade dumpats och sedan på något sätt sugit upp trycksvärtan från de multnande böckerna med sina rötter och transporterat svärtan till bladen och när bladen sedan hamnade under press blev det som en tryckpress där olika citat från de begravda böckerna trycktes på pappret? Det var visserligen mycket märkligt det hela, men det var också ganska typiskt för hur kulturen behandlas av politikerna tänkte

Arne Skog. Han kunde känna igen den ilska och frustration som Hulda uttryckt över obildade politiker som alltid skär ner på och kör över kulturen. Arne Skog bestämde sig därför på stående fot för att skriva en brinnande debattartikel om kulturens tillstånd med utgångspunkt från det underliga bokträdet.

Nästa vår gick alla och väntade på att det fantastiska bokträdet skulle slå ut sina blad så man kunde se vilka märkliga texter som skulle uppenbara sig på pappren. Kommunen fick spärra av området och sätta ut vakter så ingen i förväg skulle kunna plocka bladen innan de helt hade slagit ut. När den stora dagen var inne och alla bokens blad var utslagna så tog det inte många minuter innan alla blad var rensade från grenarna och trädet stod där tomt och kalt igen. Men några texter dök aldrig upp. Besvikna invånare hittade bara torra torkade blad i sina anteckningsböcker. Det var som om allt bläck hade tagit slut och förbrukats upp under föregående år.

Hur gick det då för Arne Skog? Fick hans brinnande kulturartikel om konstens växtkraft det stora journalistpriset som han hade hoppats på? Tyvärr inte, för en reporter från grannkommunen Örnsköldsvik hade nämligen lyckats gräva fram att kommunen planerade att bygga en ny skidbacke med ett backhoppstorn och att man eventuellt planerade att söka ett framtida vinter-OS. Inför ett sådan avslöjande stod en kulturartikel ganska lågt i kurs hos juryn. Snart var bokträdet också bortglömt, för alla undrade förstås hur det skulle gå med OS-ansökan och det spekulerades vilt om inte någon OS-gren kunde hamna i grannkommunen Kramfors. Kanske 30 km klassisk stil eller möjligen rodel?

Gubben som krängde skrönor

Uppe vi Styrnäs fanns en lada. På gaveln ut mot vägen satt en stor skylt med texten Antikviteter. Det var nu inga antikviteter i ladan, utan mest skräp och bråte, som trasiga möbler, spruckna tallrikar, rostiga burkar, trasiga fiskenät och defekta verktyg. De flesta skulle nog säga att dessa "antikviteter" hörde hemma på en soptipp eller på ett skrotupplag, men Gösta Nordin som ägde ladan hade ett välsmort munläder och lyckades på något sätt alltid kränga någon sak till de turister som stannade till i förhoppning om att göra ett fynd. Gösta kunde plocka fram den mest obetydliga sak och berätta en fantastisk skröna som trollband kunden och fick honom att vilja äga den där trasiga kaffekoppen eller den där rostiga plåtburken som han hade plockat fram ur bråten.

Det berättas att Gösta en gång sålde en rostig kaffekvarn till en Härnösandsbo genom att berätta att det var den heliga Sebastians kaffekvarn. Sebastian var en helig man som levde i Umbrien i Italien i början av 1200-talet och som hade avsagt sig all världslig egendom och som nu levde som en fattig eremit i en grotta. Han kunde dock inte skilja sig från sin kaffekvarn som han tog med sig ut i ödemarken, och varje morgon malde han sitt kaffe på kvarnen mitt bland skogens alla vilda djur. Ja kaffe var det enda som den heliga Sebastian livnärde sig på och han blev ändå 175 år gammal. Att Härnösandsbon inte reflekterade över att kaffe inte kom till den europeiska kontinenten förrän på 1600-talet och det i botten på kvarnen stod Husqvarna 1896, kan man inte klandra honom för, för Gösta var som sagt en sjujäkla berättare.

En annan gång sålde Gösta en trasig diskettstation, närmare bestämt en Commodore 1541 till en Stockholmsbo med hänvisning till att den var hemsökt av den förra ägarens själ. Den olyckliga unga mannen som hade ägt

14

diskettstationen hade en sen kväll av misstag råkar skriva in kommandot Save "Soul",8 i datorn och sålunda hade hans själ laddats ner och sparats i diskettstationen och hemsökte den nu genom att ge ifrån sig konstiga ljud så snart man försökte starta den och sätta i en floppydiskett. Kunden blev så fascinerade av historien att han glömde fråga vad som skulle hända om man nu skulle koppla in den till en dator och skriva kommandot Load "Soul", 8. Skulle den förra ägarens själ då laddas ner i en annan kropp?

En turist från Tyskland köpte en tändsticksask med en uppbrunnen tändsticka i, med försäkran om att det var den tändstickan som orsakade den katastrofala branden på slottet Tre kronor år 1697. Det var nämligen så att en betjänt hade smugit i väg för att titta på några erotiska teckningar som han kommit över. Han tände tändstickan för att kunna se bättre men olyckligtvis förde han sin flammande låga för nyfiket nära de intima delarna av en avtecknad nymf så pappret fattade eld. Betjänten brände sig på pappret och tappade det på golvet som i sin tur antände en gobeläng och snart var branden fullt utvecklad. Betjänten hade dock tillräckligt med sinnesnärvaro i brandinfernot för att stoppa tillbaka denna historiska artefakt i tändsticksasken igen, då han insåg att den en dag kunde få en historisk betydelse.

Slutligen kan man nämna frikyrkopastorn från Norrköping som köpte en fult täljd omålad dalahäst i tron att det var ett förstlingsverk av Jesus Krist som han hade tillverkat på träslöjden, eller möjligen i Josefs träverkstad. Denna enkla trähäst med fem ben (några helhedningar skulle förmodligen påpeka att det femte benet liknade något oanständigt) var det inte en gudomlig vision av domedagens profetia? För var inte denna gulbleka trähäst en uppenbarelse ur självaste den heliga skriften? "Jag såg, och se: en gulblek häst, och han som satt på den hette Döden, och han hade dödsriket i följe." Och var inte de otydliga initialerna J.N på hästens buk det slutgiltiga beviset att denna trähäst var täljd av självaste Jesus från Nasaret snarare än Gösta Nordin själv i barndomen?

Underjordens polska

Hilbert Broman hade aldrig lärt sig att läsa noter, något han ångrade nu. I handen höll han nämligen ett notpapper. Det var "Underjordens polska" komponerade av den legendariska bälgaspelaren Oskar från Finnmarken. Det berättas att när Oskars fru Emma olyckligt blev ihjälstångad av en brunstig älgtjur så beslöt sig Oskar för att hämta tillbaka sin älskade från dödsriket. Genom sin skicklighet med dragspel, fiol och munspel lyckades han spela sig genom underjorden och fick träffa självaste dödsguden som inför den vackra musiken veknade och släppte hans älskade fri från dödens grepp. I "Underjordens polska" har Oskar skildrat sina äventyr i underjorden och hur han lyckades räddade sin älskade Emma från dödens grepp. Kunde Hilbert bara ha läst noter så kunde han fått en uppfattning om den vackra musiken som fanns nedtecknad på pappret. Istället fick han nöja sig med att läsa den redogörelse som Hubertus Broman nedtecknat på baksidan av notpappret:

Underjordens polska är den vackraste melodi som jag har hört. Jag fick själv uppleva hur Oskar på ålderns höst spela den en sen sommarkväll upp i Jontes timmerkoja. Inte ett öga var torrt bland de härdade och prövade männen som var församlade i kojan. Efter Oskars död fick jag höra ett rykte att han på sin dödsbädd hade avslöjat att det i melodin skulle finnas ett dolt budskap. Jag tänkte då genast på min gode vän professor Heinrich Hertzberg vid Heidelbergs universitet som skrivit en hel del om hemliga budskap i Johann Sebastian Bachs musik. Jag skickade därför en kopia av noterna till Heinrich och väntade på svar. Några veckor senare fick jag svar från Heinrich.

Hilbert tog ut brevet ur kuvertet som var poststämplat i Heidelberg och läste:

Min kära Hubertus!

Det var trevligt att höra från dig och din förfrågan väckte genast min nyfikenhet. Jag har noga analyserat noterna som du skickade mig och mycket riktigt finns det ett hemligt budskap invävt i musiken. Läser man noterna rakt av så är det en fantastisk, genial och gripande komposition. Men ett tränat öga kan se att det finns sex dolda stämmor gömda bland noterna. Lägger man till dem blir det plötsligt något helt annat. Melodin påminner på så sätt om fugan i sin konstruktion. Det verkar som om de sju stämmorna är tänkta att spelas samtidigt i sju olika tonarter. Du skriver att Oskar spelade dragspel, men det är omöjligt att spela denna komposition på ett vanligt dragspel. Jag vet inte ens om det finns något instrument i världen som skulle kunna användas för att framför hela kompositionen. Förutom att noterna innehåll dolda stämmor så finns det också ett budskap invävt i noterna. Bach använde sig av numerologi för att infoga dolda budskap och i den ofullbordade "Die Kunst der Fuge, Fuga a 3 Soggetti" återkommer bland annat hans eget namn BACH på flera ställen, men i det här fallet är det ett mer avancerat kryptogram. Jag har försökt att lösa det, jag trodde först det kunde vara latin, men tyvärr får jag bara fram ofullständiga och meningslösa ord. Det är kanske skrivet på ett annat språk för det låter bara som rappakalja för mig. Du kanske bättre kan säga om det betyder något? Det budskap som jag får fram lyder som följer:

Te dem, ta dum, ti dum, um sum, im um, ka, dav, sju un in am te um ba de.

Bästa hälsningar din vän Heinrich.

Hilbert såg upp från brevet. Han kände igen de första orden i kryptogrammet. De hade dykt upp i olika sammanhang den senaste tiden, men vad det betydde visste han inte, bara att det hade något att göra med människorna som bodde upp vid Lomtjärna och legenden om Seven Goats. Vad var det för instrument som behövdes för att spela upp Oskars polska med alla sju stämmorna? Kunde man kanske idag med en dator återskapa de sju stämmorna och vad skulle man då får uppleva och vad skulle hända? Hilbert fruktade att "Underjordens polska" bar på fler hemligheter än vad som avslöjades i brevet, men han var osäker om han verkligen ville veta vilka de var.

Det stora fiskefänget vid Gäddtjärna

Varför Mäsk-Olle stannade till vid Gäddtjärna och maskade på kroken och slängde ut flötet på den spegelblanka ytan, den där varma sommarnatten för många år sedan kan han knappt själv svara på. Förmodligen har det att göra med att han som vanligt var påverkad av alkohol och han tagit fel bland skogens många stigar och hamnat vid Gäddtjärna i tro att det var en annan tjärn som ligger i närheten och som är känd för sitt goda öringsfiske. För trots namnet Gäddtjärna finns det ingen gädda i tjärnen eller för den delen någon annan fisk. En liten ynklig mörk abborre med stora ögon kan man kanske få upp om man har tur och tålamod, men i övrigt är Gäddtjärna känd för sitt urusla fiske.

Nu låg i alla fall flötet stilla mitt ute på tjärnen. Skogen stod tätt runt omkring och en ensam gök gol i fjärran. Mäsk-Olle lutade sig mot en tallstam och tryckte kepsen långt ner i pannan och somnade snart och började snarka. När han efter tuppluren vaknade hade solen börjat gå ner bakom grantopparna och skymningen sänka sig över tjärnen. Han såg på flötet som låg helt stilla på tjärnens spegelyta. Sedan märkte han det. Göken gal inte längre, men det var inte bara göken som hade tystnat. Över hela skogen låg en onaturlig tystnad.

Det var då märkligt tänkte Mäsk-Olle samtidigt som han såg att flötet började göra små ringar som om någon försiktigt nafsade på kroken. Nu började flötet långsamt dra iväg över vattenytan. Mäsk-Olle reste sig upp och var på väg bort till spöet för att kroka fast fisken med ett bestämt ryck, när flötet åter igen stannade och låg stilla. Mäsk-Olle väntade. Minuterna tickade förbi och han tänkte för sig själv att det var den fisken, den kommer nog inte igen ikväll. Just när han tänkte det då dök flötet rakt ner under ytan. Han hann inte reagera innan linan spändes över vattenytan och spöet som låg

20

lutad mot en klyka vid stranden hoppade till och försvann ner i tjärnens djup. Mäsk-Olle stod bara och gapade. Under tjärnens lugna yta såg han en enorm skugga som skapade svallvågor när den forsade fram under ytan. Det måste vara en monsterfisk av mytologiska proportioner tänkte Mäsk-Olle. Den måste jag bara fånga annars kommer ingen att tro mig. Men hur? Något reservspö hade han inte med sig och det skulle ta alldeles för lång tid att gå hem och hämta ett nytt spö.

Det var då han såg vajern och draggen som han hade lagt borta vid tallen. Han hade köpt dem från bröderna Wikström tidigare under dagen och bredvid stod en vit plastdunken med hembränt som nu nästan var urdrucken. Det borde väl duga för att fånga monsterfisken med tänkte Mäsk-Olle. I slutet av vajern fäste han draggkroken och en bit upp plastdunken som flöte. Nu ska jag bara ha något att agna med funderade han. En ynka mask duger inte här fallet. Här krävs ett rejält bete. Han kom att tänka på att han en bit in i skogen hade sett ett kadaver av en älgkalv som nog svultit ihjäl under sommaren. Med hjälp av morakniven skar han ut en fin filé från kalven som han sedan fäste på draggkroken. Nu var allt färdigt för det stora fiskefänget vid Gäddtjärna. Han tog sats och slungade i väg kroken och lyckades komma en bra bit ut på tjärnen. Draggen försvann ner i djupet och den vita plastdunken guppade omkring på ytan. Den andra änden av vajern virade han fast runt den stora tallen där han legat och sovit och nu var det bara att vänta på napp.

Timmarna gick. Skymningen sänkte sig över skogen, men det blev aldrig riktigt mörkt vid den här tiden på sommaren. Mäsk-Olle höll på att ge upp. Han var törstig. Den sista skvätten brännvin låg och guppade ute i plastdunken i tjärnen och timman var sen. Han bestämde sig för att ge upp och började långsamt hala in dunken då det plötsligt ryckte till i vajern. Det

21

brände till i händerna när vajern sträcktes och plastdunken försvann rakt ner i djupet. Det knackade till i tallen bakom honom när vajern drogs åt och tallen började luta oroväckande. Vajern piskade upp och ner mot vattenytan när fisken försökte frigöra sig från kroken. Mäsk-Olle stod som förstenad. Det måste vara självaste Midgårdsormen som huggit på kroken tänkte han. Aldrig hade han varit med om något liknande. Plötsligt slutade vajern att röra sig, den slakade och snart dök plastdunken upp på ytan igen. Han måste ha släppt tänkte Mäsk-Olle och skulle just sträcka sig efter vajern för att börja dra in den då tjärnens yta exploderade och ur djupet uppenbarade sig gäddan. Det var självaste urtidsgäddan som dök upp ur djupet för den var minst 10 meter lång, fjällen glittrade i guld och grönt och ögonen vara stora som svarta tallrikar och käften, ja, käften var så stor att en människa skulle kunna stå upprätt i den. Urtidsgäddan hoppade ur djupet och vred sig luften, vajern spändes igen till bristningsgränsen och tallen bakom Mäsk-Erik knäcktes som en tändsticka av snärten och föll med ett brak ner i tjärnen.

Vajern och dunken försvann åter ner i djupet. Mäsk-Olle bara stod och stirrade skräckslagen på den upprörda vattenspegeln och kände att han nu verkligen skulle behöva en rejäl sup. Då flöt dunken upp igen några meter ut i tjärnen. Där låg den och guppade. Mäsk-Olle avvaktade med det verkade inte länge finnas någon fisk i andra änden. Försiktigt balanserade han ut på tallen som låg i vattnet och med en pinne fick han tag i vajern och kunde försiktigt börja dra in den till sig. Kroppen och sinnena var på helspänn rädd att urtidsgäddan fortfarande skulle sitta kvar på draggen. Men draggen var tom, alla krokarna hade rättats ut av kraften från gäddans käft. Svettig och skakig satte sig Mäsk-Olle vid skogsbrynet och skruvade av korken på plastdunken och svepte den sista skvätten av brännvinet. Han satt kvar en lång stund tills han slutade skaka i kroppen och kunde samla ihop sina saker och bege sig hemåt genom natten.

När han senare återberättade sin skakande upplevelse för sina vänner då lyssnade de hänförda, för Mäsk-Olle var en duktig berättare, men sen när han avslutade med att säga att jag svär att det är sant vartenda ord jag förtalt er, då drog de på munnen och skakade på huvudet och mindes de andra fantastiska "sanna" historierna som Mäsk-Olle brukade berätta för dem. Den om den vita älgen på Finnmarkens hjortronmyrar som han sett flyga iväg över grantopparna, eller sup-björnen som jagat honom flera mil genom skogen eller den gången då de ansiktslösa krupit fram ur sina hålor när det hört klirret från hans brännvinsflaskor i konten och hur han med nöd och näppe lyckats komma undan med livet och brännvinet i behåll. En urtidsgädda i Gäddtjärna det var en bra historia, men alla visste att det i Gäddtjärna fanns det knappt en ynka liten fisk att dra upp.

Boken om mitt liv

Dörrklockan till antikvariat Boksvängen pinglade till. Robert Broman tittade upp bakom disken på mannen som steg in hans antikvariat. Det var en äldre välklädd herre med tvinnade mustascher. Mannen såg sig omkring ett ögonblick innan han försvann in bakom hyllorna på jakt efter en bok. Robert Broman återgick till sitt arbete med att katalogisera ett antal volymer av Pelle Nordlanders "Det norrländska skogsbrukets historia" som han nyligen kommit över från ett dödsbo. Han stod försjunken i sina tankar när han plötsligt hörde en hostning framför sig och när han såg upp stod den välklädda herren framför honom.

-God dag, kan jag hjälpa er med något? frågade Robert Broman artigt.

-Ja, jag undrar om ni möjligen har en bok som heter "Mitt liv" svarade mannen.

– "Mitt liv"? Heter boken något mer? Det är en ganska vanlig titel.

-Om ni har sett den så skulle ni ha reagerat för det skulle på ryggen har stått "Mitt liv" och ert namn och har någon annan kund köpt den har det stått "Mitt liv" och kundens namn på ryggen.

-Jag förstår inte riktigt? Är det någon slags minnesbok där man fyller i sitt eget namn?

-Inte direkt. Mannen skruvade på sig och såg besvärad ut. Jag tittade nyss runt i era samlingar. Ni har många fina böcker av norrländska författare. Jag såg ett sällsynt exemplar av Gustav Hägglunds debutbok "Timmerpriset i mellersta Norrland" och en förstupplaga av Sven Näsmans diktsamling "Besvikelsens arkiv".

-Tack för det. Ja, norrländsk litteratur är vår specialitet.

-Jag undra om ni möjligen har hört talas om biblioteket i Habborn?

-Ja, men det är väl bara en myt? Jag vet att några av mina släktingar har letat efter det, men ingen har funnit några spår av att det skulle ha funnits ett bibliotek i Habborn.

-Nog har biblioteket funnits alltid. Det var Filodore Bokman som donerade sin far, Fredrik Bokmans, stora och mycket exklusiva bibliotek till byborna i Habborn. Men efter att den första bibliotekarien avled så stals, skänktes eller såldes nästan alla böckerna ur samlingarna inom ett par år. Förresten låt mig presentera mig. Mitt namn är Fabian von Stockrosen, född och bosatt i Skåne. Mina föräldrar gjorde sig en förmögenhet på sockerbetor, men själv har jag föga intresse för jordbruk, däremot är böcker och resor min stora passion. Jag kan nog säga att jag gjort av med en förmögenhet på bägge. Min största passion är dock gamla och sällsynta grimoire och biblioteket i Habborn hade en stor samling av några av de mest eftertraktade texterna inom området. Där fanns originaltexter av Hermes Trismegistus och Ghâyat al-Hakîm fi'l-sihr, där fanns sällsynta exemplar av Enoch bok och Salomos Nyckel, ja, det ska även ha funnits den enda kända kopian av vitboken från Lomtjärna.

-Vitboken? Ni måste mena svartboken som min förfader Hubertus Broman hittade upp vid Lomtjärna i slutet av 1800-talet?

-Är ni släkt med folklivsforskaren Hubertus Broman? Där ser man. Vad spännande. Nej, jag menar vitboken. Det har länge cirkulerat rykten om att det skulle finnas en pendang till svartboken, som Yin och Yang. Medan svartboken är bunden med vanligt älgskinn är vitboken bunden med skinn från den vita bevingade älgen som springer omkring på Finnmarkens hjortronmyrar. Det sägs att dess innehåll är mer hemligt och mystiskt, vissa hävdar till och med att den innehåller den

25

ursprungliga besvärjelsen som gudomen använde för att skilja mörker från ljus och skapa livet i skapelsen. Så ni förstår min entusiasm när jag fick höra talas om biblioteket i Habborn och dess sällsynta samling av grimorie. Jag har sedan dess sökt land och rike efter ledtrådar för att få veta vad som hänt med böckerna. För något år sedan fick jag upp en ledtråd som ledde mig till ett antikvariat i Lund som skulle ha jag köpt delar av grimoriesamlingen, men det visade sig att jag kom för sent.

Böckerna hade köpts av ett välkänt antikvariat i Lund som drevs av en mycket kunnig men excentrisk man som inte kunde sluta samla på böcker. Hans antikvariat var överfyllt med böcker, lokalen hade även en stor källare som man nådde via en spiraltrappa av gjutjärn. Om butikslokalen var överfull var det inget mot källaren, den var ett kaos, men för den tålmodige kunde man göra riktigt sällsynta fynd där nere. Källaren var stor, mörk och tyvärr fuktig, alltså ingen idealisk plats för böcker i längden. I samband med att man köpte de sällsynta grimoirer så förvärvade antikvariatet också en enorm samling av biografier, monografier, autografier och dagböcker som i all hast stuvades in i ett rum längst in i källaren. Av någon anledning, vem vet hur det gick till, råkade även den sällsynta samlingen med grimoirer hamnat i detta rum och låg gömd under tusentals biografier. Under åren täcktes dörren till rummet av nya travar och högar av böcker och rummet försvann med tiden ur minnet. Böckerna i det hemliga rummet började med tiden mögla och brytas ner av källarens fukt. Hela rummet blev som en kompost där de kemiska processerna fick pappersmassan att börja jäsa och lösas upp.

Ägaren till antikvariatet dog i alla fall plötsligt och då det inte fanns några släktingar beslöt fastighetsägaren att göra om lokalen, som låg centralt i staden, till en restaurang så ett par mannar anställdes för den grannlaga uppgiften att röja lokalerna från alla gamla böcker. En del såldes mycket billigt i en snabb brandrea, men mycket kastades bara och åkte iväg till förbränningen. Gud vet vilka sällsynta volymer och böcker så brann upp den veckan. Till slut började man även att tömma källaren, och när man var nästan klar upptäckte man den dolda dörren bakom bokhögarna.

När man slog upp dörren som varit försluten i decennier möttes man av en fruktansvärd stank av förruttnelse och en stark värme som uppkommit i jäsningsprocessen som pågick i rummet. Böckerna hade förvandlats till en oigenkännlig svart sörja som fick skyfflas upp med spadar och läggas i hinkar och bäras upp ur källaren för att man skulle kunna tömma rummet. Det var ett slitsamt jobb för de tre arbetarna. När de nästan hade kommit ner till botten av högen så stötte en av arbetarna, som hette Sven Oskarsson spaden i något. Han tog upp föremålet och gnuggade bort sörjan med handen och till sin förvåning höll han i handen en bok som inte blivit förstörd och som dessutom hade titeln "Mitt liv av Sven Oskarsson".

Sven blev förstås nyfiken och stoppade på sig boken och tog med den sig hem. På kvällen började han läsa boken och till sin förvåning upptäckte han att den handlade om honom. Där stod detaljer som bara han kunde känna till. Han läste med allt större intensitet hela kvällen. På morgon hittade hans fru honom död i fåtöljen. En hjärtattack konstaterade obducenten senare. Boken ja, den försvann i en flytt och dök senare upp hos en fru Ingeborg Grönlund, som strax efteråt dog i en tragisk bilolycka, sedan var det en präst i Skövde som fick tag i boken, han dog också kort efteråt, så fortsätter det. Jag har spårat boken genom landet och alla som har haft den i sin hand har kort därefter avlidit. Jag har intervjuat anhöriga och vänner och alla har berättat nästan samma historia. Personen har hittat en bok som handlar om deras liv och när de börjat läsa den har de blivit som uppslukade av boken och kort efter att de läst klart den har de dött.

Jag misstänker att det som skedde i det där rummet nere i antikvariatets källare var något fruktansvärt och ondskefullt. Alla dessa biografier och svartkonstböcker smälte samman till den där förbannade boken som berättar om läsarens liv och på de sista sidorna om hans död. Tro mina ord det vilar en förbannelse över den där boken. Därför måste jag hitta den till varje pris och förstöra den om det går eller åtminstone gömma undan den så inga fler drabbas.

-Men kan man inte bara sluta att läsa boken och lägga bort den undrade Robert Broman?
-Jag vet inte. Än så länge har jag inte träffat någon som kommit undan med livet i behåll efter att ha fått tag i boken. Jag misstänker att läsaren blir som förhäxad av boken och inte kan sluta läsa den när man väl ha börjat. Så min vän om ni någon gång i framtiden skulle råka komma i kontakt med denna djävulska bok. Lova mig, motstå frestelsen att öppna och läsa i den. Se genast till att den göms undan för alltid på en säker plats. Med dessa ord tackade mannen för samtalet och dörrklockan plingade till när han försvann ut i gågatans vimmel.

Några år senare skulle Robert Broman motta ett bokpaket till sitt antikvariat. När han tog bort omslagspaketet kunde han läsa titeln på boken "Mitt liv av Robert Broman" och en kall kår gick genom honom när han mindes berättelsen och Fabian von Stockrosens varning.

En dröm av väv

Hilbert Broman sträckte på sig och gnuggade ögonen. Han klev upp från golvet och såg ner på trasmattan som han nyss hade tagit en tupplur på. Han mindes drömmen, ja eller vad han skulle kalla det han hade upplevt, det framstod som så verkligt. Han hade varit i det hemliga biblioteket tillsammans med sin förfader Hubertus Broman. Hilbert hade aldrig träffat honom i livet, han hade dött långt innan Hilbert föddes, men han kände igen honom från fotografier. Hubertus hade pratat med honom och sedan hade han gått bort till en av bokhyllorna i biblioteket och tryckt in en nästan osynlig kvist och en vertikal låda hade poppat ut från bokhyllan. Hilbert såg att det i lönnfacket låg ett par handskrivna gamla papper. Hubertus hade räckt över pappren till Hilbert som läste på första sidan: "Den underbara resan till underjorden" av Jules Verne.

-Det där är det första utkastet till Jules Vernes roman "Resan till jordens medelpunkt" berättade Hubertus. Om du läser det kommer du att se att berättelsen på en del punkter skiljer sig från originalet.
-På vilket sätt då? hade Hilbert frågat.
-Jules Verne råkade komma över ett exemplar av Hans Hollstens skildring "Resan till Sjuluru" och började göra en del efterforskningar kring boken. Han fick då höra talas om en runsten som skulle finnas vid en svart tjärn i Kramforstrakten och som pekade ut ingången till underjorden som Hollsten beskrev i sin bok. Det är den berättelsen som finns nedtecknad i det här manuskriptet. Du förstår själv att vi inte vill ha en massa lyckosökare springande här i skogen och leta efter nedgången till underjorden och snoka i vår familjs uråldriga hemligheter.
-Nej, det förstår jag, men vad hände? Hur fick ni honom att ändra i berättelsen?

-Genom en gemensam bekant till Verne fick jag som sagt information om berättelsen han planerade att skriva, och tillsammans lyckades vi övertala honom om det osannolika i historien att ingången till underjorden skulle finnas ute i skogen på okänd ort i Sverige. Det skulle vara mer trovärdigt och mer dramatiskt om ingången fanns på en avlägsen och exotisk plats som en vulkan på Island. Även Verne insåg att det ur ett litterärt perspektiv skulle vara mer effektfullt med en vulkan och ändrade i sin berättelse, däremot behöll han det kryptiska meddelandet skrivet på runor som finns i originalet.

Hubertus tog tillbaka manuskriptet ur Hilberts händer och placerade det i lönnfacket igen som han försiktigt sköt in i bokhyllan igen.

-Jag låter utkastet ligga kvar i lönnfacket. Berättelsen har några detaljer som jag tror du kommer att finna intressanta. Så när du vaknar rekommenderar jag att du tar och läser igenom det i lugn och ro.

-Vakna, jag förstår inte. Jag är väl vaken!

Det var då Hilbert hade vaknat på trasmattan och känt sig förvirrad. Han trodde han hade varit vaken hela tiden. Drömmen hade känts så verklig.

Han funderade ett tag och gick sedan bort till den dolda dörren som ledde in i det hemliga biblioteket. I biblioteket såg han sig omkring och lokaliserade efter en stund platsen där Hubertus hade stått och hittade efter lite letande den nästan osynliga kvisten som fanns i bokhyllan. När han tryckte på kvisten så hördes ett knäpp och en låda poppade ut. Ur lådan lyfte Hilbert försiktigt ut det handskrivna manuskriptet som på första sidan hade texten: "Den underbara resan till underjorden" av Jules Verne. Drömmen hade alltså varit sann. Så det stämde vad Hans Nylund hade berättat om trasmattan.

Tidigt i morse hade det knackat på dörren till den bromanska herrgården. När Hilbert öppnade dörren stod Hans Nylund utanför dörren med en trasmatta under armen. De bägge hade satt sig i salongen med en kopp nybryggt kaffe och Hans hade börjat berätta om den märkliga mattan. Det var hans farmor Märta Nylund som hade vävt den. Märta var en känd väverska i trakten som kunde väva de vackraste och tätaste linnetygerna och de mest fantastiska trasmattorna. På ålderns höst höll hon på att väva en trasmatta, men märkte hur hennes krafter blev allt svagare för varje dag och hon befarade att hon inte skulle hinna bli klar med sin sista matta innan det var dags att lämna jordelivet. Det grämde henne, eftersom hon tillhörde den generation som inte var van att lämna något arbeta ogjort efter sig. Så en tidig morgon stapplade hon därför ut i skogen. Solen höll på att gå upp och en fin dimma låg över ängarna och myrarna. Hon gick en bit in i skogen och började vissla på en melodi. Det dröjde inte länge innan en vacker kvinna dök upp ur dimmorna. Det var självaste skogsfrun som hade kommit.

Märta hade mött skogsfrun i tidig ålder och de hade blivit goda vänner. Skogsfrun hade lärt Märta allt om vävandets konst och Märta hade som tack vävt de allra finaste tygerna åt skogsfrun. Nu framförde Märta sin sista önskan att få anstånd så hon skulle orka göra klar sin sista trasmatta som satt uppspänd på väven där hemma. Skogsfrun ville hjälpa sin vän och gav henne därför en märklig guldring med sju svarta stenar och berättade att med ringen på sitt finger så skulle Märta få den kraft hon behövde för att slutföra sitt arbete. Märta tackade skogsfrun så hjärtligt och begav sig hem och kände redan att benen var ovanligt starka och orken hade kommit tillbaka i hennes kropp.

Med ringen på fingret arbetade Märta sedan dag och natt tills trasmattan var klar. Då klippte hon ner väven och band ihop fransarna. Mattan la hon sedan ut på golvet och la sig sedan själv ner på den för att vila och somnade in för evigt.

När dödsboet skulle delas upp fick ett av barnbarnen ärva den sista trasmattan och nu skulle det inte ha varit något mer med berättelsen om inte barnbarnet några dagar senare hörde av sig. Hon hade kommit hem från skolan och trött lagt sig ner på golvet på trasmattan för att vila ett tag och somnat, och i sömnen hade hon drömt så märkligt. I drömmen hade hon träffat sin farmor som hade berättat att hon hade gömt en burk med besparingar bakom en lös bräda i köket. Märta hade i drömmen lyft upp brädan och tagit fram burken och visat den för barnbarnet och sedan stoppat tillbaka den. Sedan hade hon kramat om sitt barnbarn och viskat i hennes öra att glöm inte att leta upp burken när du vaknar och då hade barnbarnet vaknat på trasmattan och det var så märkligt och konstigt för allt hade känt så verkligt som om det hade hänt på riktigt.

Barnbarnet hade sedan visat Hans var burken var gömd och mycket riktigt bakom en lös bräda i köket hittade de en plåtburk med lite besparingar. Det var inga stora summor i burken, men det fick Hans att börja undra om det inte var något märkligt med den där trasmattan som hans farmor hade vävt. Han hade ju hört ryktena om hur hon hade kontakt med skogens väsen och speciellt skogsfrun. Han beslöt sig därför för att låna mattan och själv prova. Så han la ut mattan på golvet och la sig ner och somnade efter ett tag och mycket riktigt så drömde han också en märklig dröm.

Han drömde att hans farfar kom till han i drömmen. De stod ute på vedbacken och hans farfar förebrådde honom för att han hade slarvat bort sin kniv som han fått i födelsedagspresent när han var sju år. Sedan visade farfadern honom två stenar bakom vedtraven. Mellan stenarna fanns en liten mörk skreva och farfadern sa att där ligger kniven din, leta rätt på den när du vaknar, och så hade Hans vaknat med den där konstiga känslan att det som hade hänt hade varit verkligt. Och mycket riktigt hittade han kniven mellan stenarna när han kände efter i skrevan. Den var förstås sönderrostad då den legat utomhus under alla dessa år, men det var ändå hans kniv, det var det inga tvivel om.

Ryktet om trasmattan spred sig och snart dök släktingar och grannar upp som också ville prova den märkliga mattan och några upplevde samma sak som Hans att en nära släkting kom till dem i drömmen och berättade en hemlighet som ingen visste om, men andra drömde ingenting. Det verkade som om man bara drömde om de människor vars kläder, linnen och andra personliga tyger fanns invävda i trasmattan. Men det fanns också en hake med mattan, det fungerade bara en gång. Hans hade efter sin märkliga sanndröm provat mattan igen vid flera tillfällen men aldrig mer drömt något och samma sak var det med de andra som hade fått uppleva en sanndröm. Det verkade bara fungera en gång. Hans hade försökt att ta reda på vilka tyger hans farmor hade använt och vävt in i mattan och försökt leta upp släktingar så de skulle få ta del av de hemligheter som deras släktingar ville förmedla, och det var anledningen till att han nu hade kommit för att hälsa på Hilbert. Han hade nämligen fått vetskap att i mattan finns några trasor av en skjorta som Hilberts förfader Hubertus Broman hade burit och han ville därför erbjuda Hilbert möjligheten att ta del av en hemlighet. Hilbert kunde få låna mattan till imorgon och ta sig en tupplur på den och se vad som hände.

Hilbert hade varit skeptisk till berättelsen, men tänkte att jag har ju upplevt så mycket annat underligt de sista åren sen jag flyttade hem, så varför inte ge det ett försök? När Hans hade gått hade Hilbert arbetat ett tag på kontoret, men framåt tvåtiden började han känna sig trött och tänkte att en siesta är aldrig fel och rullat ut trasmattan på golvet i salongen framför den tända brasan, lagt sig ner och blundat och somnat och i drömmen hade hans förfader Hubertus Broman dykt upp och berättat sin hemlighet. Drömmen hade också stämt till punkt och pricka, så nu satt Hilbert i fåtöljen i salongen med manuskriptet. Han hade hällt upp en whiskey och skulle just börja läsa det första utkastet till "Den underbara resan till underjorden" av Jules Verne.

Den magiska pilsnerkällan

Kring Manen några kilometer söder om Habborn låg en liten gård ute i skogen. På gården fanns det en märklig kallvattenkälla. Den låg i skogsbrynet, bredvid en liten bergknalle och i skuggan av en uråldrig gran. Ur marken porlade det upp friskt och klart vatten. Gubben som bodde där hade nyligen renoverat källan och stenlagt den och snickrat ihop ett lock för att hindra att skräp föll ner i källan. En morgon när han gick bort till brunnen för att hämta vatten till morgonkaffet och lyfte på locket såg han att det mitt i kallkällan guppade omkring en flaska med en kork.

Det var märkligt tänkte gubben, jag har inget minne om att jag lagt en flaska i källan. Han tog upp flaskan. Den var brun och saknade etikett, men han såg att den var fylld med något. Nyfiken korkade han upp flaskan och luktade. Det luktade öl. Vad märkligt tänkte gubben och tog sig en sipp av ölet för att smaka. Ölet var mörkt och kallt och hade en komplex karaktär av skog, myr och älv, ja, gubben hade aldrig smakat något liknande. Ölet var mycket gott och kallt så det dröjde inte länge innan gubben hade druckit upp hela flaskan. Hela dagen gick han och funderade på det märkliga ölet och önskade att han visste hur den hade kommit i hans kallkälla, för det ska villigt erkännas att gubben hade fått smak på det fantastiska ölet och skulle inte tackat nej till en flaska till.

Nästa morgon gick han till kallkällan igen för att hämta vatten till sitt kaffe och när han öppnade luckan såg han till sin förvåning att det guppade omkring en ny flaska i kallkällan. Han tog upp flaskan och korkade upp den. Jo, det luktade öl och det var, när han smakade, samma fantastiska och goda öl som dagen innan. Men hur i all sin dar kunde flaskorna hamna i hans kallkälla? Det måste vara någon som smyger dit och lägger i dem på natten tänkte gubben, men vem och varför?

Gubben beslöt sig för att hålla vakt hela natten för att lösa mysteriet. Hela natten satt han bakom en buske och iakttog kallkällan, men han såg ingen, förutom en räv som strök omkring i närheten, så när han på morgonen öppnade luckan igen så blev han märkbart förvånad. För där låg en ny flaska och guppade i kallkällan. Gubben korkade upp den och smakade och visst var det samma goda öl som innan, men hur flaskan hade hamnat där det var ett mysterium. Ingen hade ju varit i närheten av kallkällan. Han la sig på knä och undersökte kallkällan nog, men kunde inte se några fler flaskor eller något som kunde förklara mysteriet.

Gubben råkade en dag berätta för en granne som var på besök om det märkliga ölet och bjöd på ett glas. Grannen höll med att det var ett fantastiskt gott öl, men tyckte förstås att det var märkligt att det varje morgon låg en ny flaska och guppade i kallkällan. Det dröjde inte länge innan ryktet hade spridit sig ändå bort till Habborn och så kom det sig att byäldsten och några av byborna i Habborn kom på besök för att höra mer om den märkliga kallkällan. De lyssnade noga på gubbens berättelse och smakade på ölet. Några av gästerna tyckte sig känna igen smaken, det var en känsla av deja vu, som ett svagt minne om något de fått smaka när de var små, men de kunde inte komma ihåg vad det skulle kunna vara eller när det skulle ha inträffat. Byäldsten var i alla fall skeptisk till gubbens berättelse och beslöt att gå till botten med saken. Han ville inte att det skulle cirkulera några fler besynnerliga historier i trakten, det räckte med den där historien om biblioteket. Han själv och ett par män skulle därför vakta runt kallkällan och se vad som hände under natten.

Först undersökte de kallkällan noga. De kände med händerna runt kanterna efter dolda hål och gömmor. Sedan petade de med en pinne i botten för att se att det inte fanns något gömt därnere. Men de hittade inget ovanligt, det såg ut som en vanlig kallkälla. Så männen fattade post runt kallkällan. De flyttade undan luckan och ställde sig med sina lyktor runt kallkällan och stirrade ner i djupet. Timmarna gick utan att någonting hände, men så precis när solen började gå upp bakom träden, såg en av männen en liten luftbubbla som steg upp från botten mot ytan. Männen stirrade intensivt ner i kallkällan och där på botten såg de något som sakta började ta form. Först var det bara som en knopp, men efter en stund såg de att det en kork och sedan dök själva flaskhalsen upp och under den närmaste tiden växte flaskan liksom fram ur botten, tills den slutligen lossnade och seglade upp mot ytan där den låg och guppade stilla.

Det var som magi. Flaskan hade vuxit fram ur källans botten och sedan flutit upp till ytan. De kunde inte hitta någon annan naturlig förklaring till det märkliga fenomenet. Byäldsten började fråga ut gubben om källan. Hur länge hade den funnits på gården? Hade den betett sig konstigt förr? När började ölflaskorna dyka upp? Gubben försökte svara så gott han kunde. Källan hade funnits så länge han kunde minnas, men det hade inte varit något konstigt med den, det hade varit en vanlig kallkälla, det var först efter han hade renoverat den som den hade började bete sig så där underligt.

Hur hade han renoverat källan? frågade byäldsten. Vilka material hade han använt? Jo, hade gubben svarat, han hade sett att väggarna började luta inåt och källan blev grumlig av jord och löv, så han hade byggt en ring av stenar för att stötta upp den och snickrat till ett lock för att hålla skräpet borta. Han hade haft tur, då han för någon månad sedan hade hittat ett trasigt kvarnhjul uppe vid Näverberget som han hade lagt i botten och som blivit en stabil grund att bygga vidare på. Ett kvarnhjul uppe vid Näverberget hade byäldsten förvånat frågat? Hur kommer det sig att du hittade ett kvarnhjul där ute i skogen? Inte vet jag svarade gubben sanningsenligt. Det var kanske resterna av en gammal skvaltkvarn? Nej, det tror jag inte hade byäldsten snabbt svarat. Skulle det ha funnits en skvaltkvarn på Näverberget då hade vi känt till det. Jag har aldrig hört talas om det och vem skulle förresten vilja bygga en skvaltkvarn i så otillgängliga trakter?

Byäldsten och de andra byborna diskuterade hela dagen den märkliga kallkällan och framförde olika teorier och vad som borde göras. Under tiden bjöd gubben på öl från kallkällan som han sparat ihop under veckorna. På eftermiddagen lämnade de gubben för att bege sig hemåt till Habborn, men lovade att undersöka saken vidare och kontakta myndigheterna om kallkällan, men längs vägen hem hände något märkligt. De liksom glömde bort det hela, ja, när det närmade sig Habborn började de fundera över varför de egentligen var ute och gick. Vad var syftet med deras promenad? Ingen verkade längre komma ihåg kallkällan eller ölet och hela historien glömdes därmed bort.

Ja, kallkällan ligger väl ännu kvar där ute i skogen. Gubben är ju död sedan flera år tillbaka och gården står övergiven. Det kan ju hända att kallkällan vuxit över av ormbunkar och annat sly under åren, men om man skulle röja undan runt den där bergknallen med den där uråldriga grannen så skulle man förmodligen hitta ett murket lock och flyttade man undan det skulle man hitta kallkällan och där i en ölflaska som guppade omkring på ytan.

Bävergällningen

I skogarna kring Viksäter bodde en gubbe som hette Evert Berglund som nu var pensionerad, men som under sin livstid hade arbetat i skogen och med flottning. På ålderns höst hade han dragit sig tillbaka till ett litet torp i skogen där han jagade lite och fiskade i en närbelägen sjö och odlade sina egna grönsaker. Evert hade en stor och välskött trädgård som han var mycket stolt över. Där fanns ett potatisland, ett grönsaksland, ett jordgubbsland, fruktträd och bärbuskar av alla de slag. Det var som en paradisisk oas mitt där ute i skogen. Rakt genom tomten rann också en liten bäck som Evert genom ett snillrikt bevattningssystem använde för att vattna sina växter och plantor när solen hettade på från himlen.

Det hade nu varit en ovanlig varm och torr sommar och utan bäcken hade nog de mesta av växterna i Everts trädgård vissnat och dött för länge sedan, så det var inte underligt att Evert blev helt förskräckt när han vaknade en morgon och såg att bäcken hade torkat ut. Det var bara en ynka rännil som letade sig fram på botten av bäcken. Evert hade aldrig varit med om maken under alla de år som han hade bott i torpet. Bäcken kom från en tjärn och runt omkring låg ett stort sankt myrområde och det brukade därför aldrig märkas någon större skillnad i flödet trots tidigare heta och torra somrar. Evert beslöt sig för att gå till källan med problemet och tog på sig sina stora stövlar och stövlade uppströms längs den uttorkade bäckfåran. Efter några kilometer kom han fram till tjärnen och såg redan på långt håll vad som var problemet. En bäver hade byggt en stor fördämning och täppt till bäckens utflöde så inget vatten kunde rinna ut.

Evert granskade bäverdammen och kunde konstatera att det var ett gediget arbete och att han skulle behöva vända hemöver för att hämta redskap för att riva dammen. Sagt och gjort han följde den uttorkade bäckfåran hemåt och hämta spade, spett och korp och traskade sedan tillbaka till dammen. Dagen var varm och svetten dröp under skjortan, och inte blev arbetet lättare när tjärnen visade sig vara ett riktigt mygghål och ett tillhåll för ilskna broms som bett Evert hårt i skinnet. Men efter några timmars arbete hade han röjt bort det mesta och vatten kunde återigen forsa obehindrat nedströms. Evert var nöjd med dagens arbete och begav sig hemåt för att vattna sina törstiga plantor. Den natten sov han gott av dagens hårda arbete, men trots det vaknade han till vid tretiden. Någonting hade väckt hans djupa sömn. Han låg en stund och lyssnade men då han inte kunde höra någonting, förutom en avlägsen uggla som hoade så somnade han om.

När han nästa morgon gick ut på verandan med en kopp nykokt kaffe och tittade ut över sin frodiga trädgård höll han på att sätta kaffet i vrångstrupen. Bäcken var åter torr som fnöske. Jävla bäver! muttrade Evert ilsket. Har han inte lyckats dämma upp dammen igen?! Han tog på sig storstövlarna och gick raskt bort mot uthuset för att hämta redskapen då han plötsligt tvärstannade. För här låg förklaringen till att han hade vaknat mitt i natten. En stor björk hade rasat över uthuset och krossat det till kaffeved. Vad underligt tänkte Evert. Det har ju knappt blåst något i natt och vad han mindes var det ett prima och friskt träd som stått bakom uthuset. Han gick närmare trädet för att undersöka det och höll på att få tokslaget när han såg att stammen var avgnagd av en bäver. När nu jävlar är det kokta fläsket stekt! utbrast Evert ilsket.

Med bestämda steg gick han ner i källaren och ur en skrubb rotade han fram några gamla dynamitgubbar som han införskaffat för att spränga bort sten med. Med dynamitgubbarna i handen stövlade han med snabba steg längs den torra bäckfåran fram till bäverdammen som var lika välbyggd som dagen innan. Evert apterade dynamiten i dammbygget och utan att tänka på vare sig konsekvenser eller risker, utan bara på hämnd, tände han stubinen och tog skydd bakom en stor sten. Snart skakade skogen av en enorm explosion och grenar och lera kastades huller om buller högt upp i luften och en stormflod störtade nedför bäckfåran.

Vilken jävla smäll tänkte Evert och såg nöjd hur vattnet än en gång fritt forsade nedför bäckfåran. Efter att ha vattnat sina plantor på kvällen, somnade Evert nöjd över dagens utveckling i sin säng, men vid tretiden vaknade han till. Han var säker på att han hade hört ett kraftigt ljud. Den här gången låg han inte kvar utan tog på sig kläderna och stövlarna och gick ut i den ljumma och ljusa sommarnatten. Han gick bakom huset och såg först det demolerade uthuset där trädet fortfarande låg kvar, men sen såg han utedasset, eller rättar sagt vad som fanns kvar av det, för en stor tall hade ramlat rakt över dasset och krossat det. Misstänksam gick Evert bort till tallen, och han kokade av ilska inombords när han såg att även tallstammen var avgnagd av en bäver.

Nu har du satt din sista potatis tänkte Evert ilsket. Imorgon plockar jag fram fällorna och då ska vi se vem som skrattar sist. Fortfarande upprörd gick han och la sig. Han vred och vände på sig men lyckades iallafall till slut somna. När han steg upp på morgonen satte han som vanligt på kaffepannan och tog sedan med sig koppen ut på verandan. Han tappade kaffekoppen av förvåning, för bäcken var än en gång uttorkad. Hur? funderade han förbryllat. Hur har bävern hunnit laga fördämningen under kvällen? Men han funderade inte vidare på saken utan gick ner i källaren och plockade upp de gamla slagfällorna som hade köpt på auktion för några år sedan. Han oljade upp dem och filade till taggarna så de skulle vara riktigt vassa. Sedan begav han sig än en gång upp i skogen mot bäverdammen. Han placerade ut fällorna runt dammen, men brydde sig inte om att riva dammen, utan gick istället hem och väntade.

Morgonen därpå gick han tillbaka för att vittja fällan och i en av fällorna hade bävern fastnat. Nöjd lyfte Evert upp den livlösa kroppen. Sedan ägnade han resten av dagen åt att röja upp vid bäverdammen och noga rensa bort allt bråte så att vattnet kunde flöda fritt igen. På eftermiddagen kunde man knappt se några spår efter bäverdammen längre. Den kvällen satt Evert länge på verandan, med en kopp kaffe, och njöt av bäckens klara vatten som porlade förbi utanför gården. Den natten blev han inte heller störd i sin sömn. På morgonen kände han sig lite orolig till mods när han steg ut på verandan, men bäcken flöt fram med samma styrka som den alltid hade gjort. Även nästa dag blev en solig och fin dag och från sin veranda kunde Evert se bäckens glittrande vattnet och höra det behagfulla porlande ljudet som han var van vid. Allt verkade åter har återgått till det normala och när Evert la sig den kvällen började han göra upp planer på att ta hand om träden som bävern fällt och hur han skulle reparera uthuset och utedasset.

Det var Fia-Stina Håkansson som upptäckte det. Hon undrade om det hade hänt något med grannen Evert då han inte hade dykt upp på deras vanliga söndagsfika, så hon hade traskat upp till torpet och då hade hon sett katastrofen. Förskräckt hade hon skyndat tillbaka hem och telefonerat till polisen i Ullånger. Polisen hade noga undersökt saken och även tagit hjälp av experter från länsstyrelsen och de kunde inte komma till någon annan slutsats än att de fyra stora grannarna som hade fallit från varsitt väderstreck över Everts Torp och krossat det, måste

42

ha fallit på samma gång. För hade de fallit en i taget så hade rimligen Evert hunnit ta sig ut och sätta sig i säkerhet. Det var endast genom den korseld av fallna träd som hans liv hade blivit berövat. Men för att det skulle kunna ske, då måste fyra bävrar samtidigt och synkroniserat ha råkat fälla de fyra granarna samtidigt över torpet, och något sådant hade man aldrig hört talas om. Man kunde bara konstatera att det var en högst osannolik och olycklig olycka det hela.

Poliskonstapeln gjorde några sista anteckningar innan han stängde sitt block och såg ut över Everts trädgård. Han tänkte att det hade nog varit en fin trädgård innan torkan slog till. Nu hade nästan alla växterna dött av värmen. Det berodde väl på att ån som rann genom gården hade torkat ut tänkte poliskonstapeln, men det hade ju också varit en ovanlig torr och varm sommar och många brunnar i trakten hade sinat och många skördar blivit förstörda, så han var inte direkt förvånad, men det var allt bra synd på en sådan välskött och fin trädgård.

Necromancer från Stensätter

En sommar på 1970-talet lekte några barn upp vid Borgberget vid Bollstabruk, då de bakom ett tätt buskage hittade ingången till en grotta. Nyfikna kröp de in i grottan och några meter in hittade de en trasig lerkruka med en förseglad rulle i. Med förhoppning om att det hade hittat en värdefull skattkarta tog de med sig rullen hem och visade den för sina föräldrar som snabbt insåg att det nog var ett gammalt föremål som barnen hade hittat och att det kanske därför föll under fornminneslagen. En av föräldrarna var bekant med min pappa Helge Broman, som var en känd folklivsforskare, så Helge kontaktades för att undersöka föremålet närmare och avgöra vad man skulle göra med det.

Helge tog rullen försiktigt i sina händer. Den var inlindad i en duk av bivax och på vaxet hade någon ristat runor. Min far kunde tyda runtexten och han rös till inombords när han läste texten, men lyckades ändå bevara sitt lugn. Han förklarade för barnen och deras föräldrar att det var bäst att han tog hand om rullen och överlämnade den till myndigheterna då den verkade mycket gammalt. Barnen suckade besvikna över att deras skattkarta skulle försvinna utan att de hade en chans att undersöka den, men min far plockade då fram några hundralappar ur plånboken och gav barnen dem som hittelön för deras fynd. Barnen sken upp när det visade sig att de hade hittat en värdefull skatt trots allt. Deras föräldrar blev mest glada över att någon expert hade befriat dem från denna historiska artefakt så de slapp kontakta olika myndigheter för att reda ut under vems ansvarsområde rullen var.

Rullen hamnade nu aldrig hos myndigheterna, jo, en rulle hamnade där, rättare sagt en rulle som när den packades upp visade sig innehålla en predikan av 1600-tals prästen Hindrich

Bromaneus. Det var inget dåligt fynd, för texten innehöll många fantasifulla och svavelosande invektiv som ingen hade hört talats om innan, vilket kom att sysselsatte språkforskarna en lång tid framöver. Men den riktiga rullen tog min far med sig hem. För i vaxet hade han läst "Ojordnings besvärjelsen av Iohannis Heptaconius". Iohannis var en känd trollkarl och necromancer som hade levt i skogarna kring Stensättra på 1500-talet och hade varit en högt aktad och fruktad man för sina kunskaper i svart magi.

Iohannis Heptaconius föddes i början av 1500-talet och kallades då kort och gått för Johan. Redan när han var 6-7 år gammal väckte han uppmärksamhet genom olika underverk. Under en gudstjänst flög en vit duva in i kyrkan och krockade med ett kyrkfönster och föll död ner till marken. Den unge pojken gick fram och tog den döda duvan i sina händer och verkade prata med den och till allas förvåning vaknade duvan till liv och flög raka vägen ut genom kyrkporten. En annan gång var pojken hos en bonde som hade en ko som hade en besvärlig kalvning. När kalven äntligen föddes visade den sig vara död. Pojken hade då gått fram till kalven och pratat med den medan han masserade kalvens mage och plötsligt hade det ryckt till i benen på kalven och den hade ställt sig upp. Att det var något märkligt och gudomligt med pojken förstod alla och prästen i Ytterlännäs församling kontaktade till och med ärkebiskopen i Uppsala med en hemställan om att man borde försöka få pojken helgonförklarad hos påven i Rom.

Under tonåren förändrades pojken. Han blev mer tystlåten och inåtvänd. Allt oftare såg man honom vandra ensam omkring bland kyrkogårdar, galgbackar och forngravar. Det verkade alltid som han gick och pratade med någon och ortsborna fick kalla kårar och en olustig känsla bara de såg honom. Det började spridas märkliga rykten om gravskändningar, järtecken och annat trolltyg i trakterna. Prästen började tvivla på det gudomliga i pojkens krafter och sände därför en ny hemställan till ärkebiskopen i Uppsala om att man kanske borde försöka få hit en av inkvisitionens utredare för att utröna om inte pojken var en demon utsänd av djävulen själv. Men innan de kyrkliga byråkratiska kvarnarna ens hade börjat att mala var pojken försvunnen.

Det var först många år senare när Johan som vuxen återvände till sina hemtrakter som man fick reda på vad som hade hänt med honom. Han var då en berest och lärd man och gick under det latinska namnet Iohannis Heptaconius och hade fru och barn med sig. Familjen bosatte sig i en stuga i skogen runt Stensätter där han utövade sin mörka magi.

Det berättades att John som 14-åring hade börjat vandrat söderut. Under flera år reste han runt i Europa och träffade många av de stora samtida ockultisterna och magikerna som Nostradamus, Paracelsus och Agrippa. Sen slog han sig ner i den spanska staden Toledo där han ska ha lärt sig necromancy av de uråldriga mästarna i Herkules underjordiska palats. Därefter reste han vidare till Mesopotamien där han träffade en mäktig magus och blev dennes lärjunge under många år. Johan blev där invigd i de sju stenarnas magi. Han lärde sig behärska den uråldriga magin och fick som bevis på sina kunskaper en magisk guldring med sju svarta stenar. Det var också här han träffade sin fru som var dottern till den mäktiga magus. En dag när Johan var runt 40 år framträdde under en magisk ritual en demon som kallade sig Ul Ur Zot och som befallde Johan att återvända hem till sina barndomstrakter för att invänta stenens väktare som var på väg med den stora hemligheten till hans trakter. Demonen lovade också Johan framgång i livet och förutspådde att hans framtida söner skulle bli mäktiga necromancer och hans döttrar mäktiga häxor med sällsynta och kraftfulla krafter. Spådomen verkar ha besannats för John blev med tiden en förfader till bland annat Karl-Johan "Benätaren" Johansson och Hulda Karinsdotter.

När min far försiktigt öppnade bivaxduken hittade han inuti ett fint bäverskinn där Iohannis Heptaconius med röda runor hade skrivit ner den mytomspunna besvärjelsen "ojordningen". Det är en kraftfull besvärjelse som används för att väcka upp de döda. Jag har själv bara läst en avskrift av inledningen som lyder:

Sjustjärnans väktare hör mig
låt de sju svarta skuggorna träda fram
jag åkallat er, ni evigt odödliga
ni som står över dödens rike
befall den mörke att öppna den stängda porten
ojorda NN ur maskarnas grepp
befall den vedervärdiga att kapa intenhetens kedja
ojorda NN ur glömskans dimma
befall den bleka jungfrun att släppa sitt kalla famntag
ojorda NN ur förruttnelsen grepp
låt hans benrangel åter påklädas kött och blod
låt än en gång NN tunga löpa fritt i gommen
smörjd med det varma offerblodet
jag lägger de sju svarta stenarna
i en ring av en kvadrat
jag åkallar er vid era sanna namn
de, te, em, di, ur, lu, un
träd fram ur stenarnas skuggor
väck NN från den eviga sömnen
låt NN stiga fram ur skuggornas rike...

Själva bäverskinnet med ursprungsbesvärjelsen har jag inte lyckats hitta. Den finns nedtecknad i liggaren över alla de böcker och föremål som finns samlade i det hemliga biblioteket. Den ska finnas tillsamman med några andra obskyra dokument i en avdelning som benämns SvM7, men någon sådan avdelning finns inte i biblioteket. Jag misstänker att de förvaras på någon annan hemlig och för mig okänd plats. Med tanke på hur kraftfull besvärjelsen ska vara är det kanske inte konstigt att den är gömd på en säker plats, men var den är och varför min far inte har berättat om platsen för mig, vet jag inte.

Skogsfilosofen Gustav Hägglund

Gustav Hägglund var en av alla de skogshuggare som slet i de norrländska skogarna i början av 1900-talet för att förse den framväxande sågverksindustrin med timmer. Redan som barn hade han börjat att arbeta i skogen och det var väl inget märkvärdigt med honom. Han var en duktig och skötsam karl, en uppskattad huggare och kamrat. På kvällarna satt han i baracken med de andra och rökte eller spelade kort och på helgen följde han med de andra ner till stan för att dricka brännvin och dansa med fruntimmer på någon dansbana, men allt detta förändrades efter den besynnerliga olyckan.

Det var i början av säsongen då de höll på att hugga i ett besvärligt parti uppe vid Tallåsen. En gammal krokig gran splittrade plötsligt av inre spänningar och med en knall, som lät som ett åsknedslag, gick granen av i mitten. Huggarna stelnade till när halva trädet föll med ett brak till marken, men som tur var kom ingen till skada. Det var först på kvällen som Gustav kände att han hade en stor knöl bak på huvudet. Först trodde han det var ett myggbett, men när en av kamraterna tittade närmare såg de att det var en stor träflisa, grov som en tumme, som hade kilat sig fast i skallen på honom. Förmodligen var det en flisa från den gamla granen som hade skjutit iväg som en pil och träffat honom i skallen. De försökte försiktigt dra ut flisan, men den satt för hårt fast och man vågade inte ta i för mycket av rädsla att skada Gustav.

Förmannen tog sig också en titt på det hela och beslöt att Gustav skulle besöka läkaren för att undersöka saken närmare. Läkaren skickade genast Gustav till röntgen på sjukhuset. Röntgenbilderna visade att kilen i hans huvud var nästan 10 centimeter lång och den hade splittrats och skapat hullingar som gjorde det omöjligt att dra ut den utan att skada hjärnan allvarligt. Även en operation ansåg mycket riskabel. Läkaren mindes en historia, som han hade läst i en medicinsk tidskrift, om en amerikansk järnvägsarbetare som hade fått ett järnspett genom huvudet och överlevt mot alla odds. Eftersom Gustav inte verkade lida av att ha en träkil i huvudet eller hade några synliga problem beslöt läkarna att det bästa var att avvakta och se hur det hela utvecklade sig med tiden.

Några dagar efter återkomsten till skogshuggarlägret började dock de andra kamraterna märka att något inte stod rätt till med Gustav. Han drog sig undan och satt helst för sig själv och skrev i ett block. När det frågade vad han skrev, sa han att det var dikter. Jaha, sa de. Dikter om vad då? Om skogen och träden förklarade Gustav. Ja, det kunde de ju förstå. Så var ju en skogshuggares liv. Vad fanns det annars att skriva om? Så de lät honom vara. De märkte också att han hade börjat läsa verk av Hegel, Kant, Spinoza, Descartes och andra filosofer. Men sedan märkte de också andra underliga saker. När Gustav var i närheten av kamraterna tyckte de att han luktade starkt av kåda och gran, det var förstås inte så konstigt de levde ju i skogen, men alla andra i lägret luktade mest svett och rök. De tyckte också att hans hud hade en underlig grön ton, som granbarr, men det kunde ju bero på att han hela dagarna rörde sig i skogen, fast alla andras hud i lägret var brunbränd och mörk av sot och smuts.

Det var i slutet av säsongen som det andra märkliga inträffade. De hade huggit klart ett nytt område och lämnat efter sig ett stort kalhygge, men mitt i kalhygget stod en gammal hög och rak gran som blivit topphuggen. Varför resten av granen hade lämnats kvar kunde ingen svara på. Antingen hade den varit skadad och gick inte att använda eller så att hade man fyllt säsongen kvot och lät den därför stå kvar. I alla fall så märkte huggarna när de var på väg hemåt att Gustav saknades och de började leta efter honom. Efter ett tag upptäckte en av dem att Gustav satt högst upp på den 40 meter höga granpelaren mitt i kalhygget. De gick fram till granen och ropade upp till honom. Vad gör du? Filosoferar svarade Gustav. Jaha, men nu har vi slutat för dagen. Kom ner nu. Vi ska ner till stan och fira att säsongen är slut ropade männen. Nej, tack. Jag stannar här uppe i min gran, hade Gustav svarat och det gjorde han verkligen. Under en hel månad satt Gustav uppe i granen och filosoferade. Resultatet blev det banbrytande filosofiska verket "Träfaktor Stockar-Virkespriset" som är en kort avhandling med 526 numrerade teser. Där några av de mest kända teserna är:

1.011. Barken når alltid runt stammen.
3.2.1 Granbarr är kortare än tallbarr, men för kottarna gäller det omvända.
4.5.2 I skogen växer det träd, men träd kan växa utan skog.
4.7 Ett träd faller aldrig ensamt i en skog.
5.006 När ett träd övergår från det vertikala till det horisontella då blir det timmer.

Många filosofer, forskare och professorer har sedan dess försökt att förstå hela vidden i Hägglunds nyskapande filosofi men misslyckats. Det är egentligen bara ett par gamla härdade skogsmästare i Norrlands inland som förstår vidden av Hägglunds nytänkande filosofi. De kan öppna en sida och läsa en tes och utbrista "Visst är det så! Det stämmer. Den karln vet var han pratar om."

Både "Träfaktor Stockar-Virkespriset" och diktsamlingen "Timmerpriset i mellersta Norrland" utkom under vintern på Norrlands Skogsbolags Förlag. Medan diktsamlingen idag nästan är helt bortglömd och mycket svår att få tag i, fick det filosofiska verket stort genomslag och är idag en naturlig del av många universitetskurser inom filosofi runt om i världen och har tryckts i åtskilda nyutgåvor och dess betydelse har diskuterats i hyllmeter efter hyllmeter.

Gustav Hägglund försvann däremot mystiskt bara några veckor efter att hans två böcker publicerades. En dag hittade hans hyresvärd några grankottar bredvid en handskriven lapp i hans rum med texten: "En gran borde växa i skogen." Vad detta kryptiska meddelande betyder har ingen kunnat tolkat, och vad som hände med Gustav Hägglund är höljt i dunkel. Det enda informationen som hyresvärden kunde bidra med var att Gustav de senaste veckorna hade verkat ovanligt tystlåten och ovårdad. Skägget var stort och barrigt, håret långt och grenigt och huden verkade barkad och kådig och att hon också hört rykten om att han försökt att betala med kottar i affären. Något verkade inte ha stått rätt till, men hon hade inte haft tid att gå till roten med problemet och nu var han försvunnen och månadens hyra hade han inte heller betalt.

Gubben som täljde odjur

En sommar, jag måste ha varit 7 år, fick jag följa med min far Helge Broman till en av Bastuvisans vänners sammankomster. De hade en bastu som låg nere vid Ångermanälvens strand. Där träffades de den sista fredagen varje månad för att bada bastu, sjunga bastuvisor och berätta skrönor för varandra, medan de drack kall pilsner eller starkare drycker. Som liten grabb fick jag sitta längst ner på bastulaven, högre upp satt min far, Nikko Hirvenpää, Yngve Gustavsson och de andra medlemmarna, men snart blev det för varmt för mig när gubbarna började kasta skopor med vatten på kaminen, och jag smög mig ut i sommarkvällen för att svalka mig.

En bit ifrån bastun stod en gammal grånad sjöbod. Dörren var öppen och inifrån hörde jag det monotona ljudet av en sågklinga som bet i veden. Jag smög försiktigt närmare och kikade in genom dörren till den dunkla sjöboden. Det luktade starkt av sågspån därinne, och det tog ett tag för ögonen att vänja sig vid dunklet, men sedan såg jag gubben Jonsson som stod böjd över sågbocken och sågade. Han brukade stå hela dagarna i sin sjöbod och såga upp drivved, hugga upp den och stapla den så den skulle torka till vintern. En del ved bar han hem och eldade med i sin järnspis, men det mesta sålde han vidare till andra. Gubben Jonsson slutade att såga och såg upp från sågbocken. Trots sommarvärmen var han fullt påklädd med långbyxor, långärmad skjorta, hängslen och keps.

-Är det inte lille Hilbert som kommer att hälsa på sa han och tittade på mig. Ja, här står farbror Jonsson och sågar och sliter. Från morgon till kväll tills han blivit gammal och grå. Ja, nu är det varmt ute, men på vintern är det fasligt kallt. Hade inte Jonsson sågat och huggit hela sommaren då hade folk frusit ihjäl på vintern. Då hade de inte haft någon ved att värma sig med. Är det någon som tänker på det? Alla kan inte hålla på med att basta, supa och roa sig hela tiden, utan några måste arbeta också så folk inte fryser ihjäl när det blir kallt. Då hade du och din far och alla andra frusit ihjäl. Har du tänkt på det pojk?

Jag såg längs sjöbodens väggar. I brösthöjd löpte en hylla runt väggarna och på den stod besynnerliga figurer som gubben Jonsson hade täljt. Jag stirrade förskräckt och intresserat på figurerna. Gubben såg hur min blick vandrade mellan träfigurerna och började berätta.

-Visst är de märkliga mina figurer sa gubben Jonsson. De kommer till mig i mina drömmar och när jag tar en paus från sågandet sätter jag mig ner och täljer en av dem. När jag var en lite grabb precis som du, då var jag med far min uppe vid Lomtjärna och jagade tjäder. Jag råkade komma bort från far och irrade ensam och rädd omkring i skogen. Efter ett tag kom jag fram till en bergvägg och framför mig fanns ett djupt svart hål som jag trodde ledde ner till underjorden, till trollen som min far hade berättat om. Jag märkte att jag var törstig, men jag kunde inte hitta någon källa att dricka ur, men då mindes jag vad jag hade hört i söndagsskolan. Om Moses som slog på klippan med sin stav två gånger och då kom mycket vatten ut. Och precis vid mina fötter låg en gren som jag tog upp och slog två gånger mot bergväggen och som ett under sprang en källa fram. Jag kupade min hand och drack girigt ur det klara kalla vattnet som rann ur berget. Det var en märklig smak på det vattnet och starkt var det också, för efter ett tag blev jag alldeles yr i skallen, och kunde inte gå riktigt. Jag tyckte jag hörde röster och såg märkliga väsen och konstiga färger. Kanske var det änglarna som kom till mig eller demonerna?

När min far senare hittade mig blev han mycket arg och undrade var jag hade fått tag i spriten, för jag stank av brännvin enligt honom. Har du snyltat på något myrstacksbrännvin undrade han förargat? När jag försökte berätta om hur vattnet sprungit fram ur berget mitt framför ögonen på mig, precis som för Moses, då gav han mig en skarp tillsägning och sa att du ska inte ljuga och häda pojk.

Efter den dagen började jag drömma de konstiga drömmarna på nätterna. Om varelser och väsen, om de med de åtta armar och de med de gängliga kropparna och de stora svarta ögonen. Ja, alla dessa varelser som besöker mina drömmar har jag täljt figurer av. Brännvin har jag också smakat flera gånger under livet, men det kan jag säga dig pojk, att inget brännvin har smakat som det vattnet som jag drack där uppe vid Lomtjärna. Det var något magiskt och speciellt med det sanna mina ord.

Jag hörde hur min far ropade på mig borta vid bastun. Det var dags att åka hem. Jag lämnade gubben Jonsson och bakom mig hörde jag hur han tog upp sågen och började såga igen. Några år senare fick jag höra att gubben Jonsson var död. Vad som hände med hans märkliga samling av träfigurer vet jag inte. En av träfigurerna finns i alla fall bevarade i det hemliga biblioteket. Den föreställer ingenting jag tidigare har sett. Det är en varelse som är en surrealistisk kombination av trollslända, bläckfisk och älg. Det är en varelse som man möjligen skulle kunna hitta på en målning av Hieronymus Bosch.

Myrstacksbrännvinet

Före sin död höll min far Helge Broman på att skriva en historisk översikt om Alkoholens Alkemister. Detta mytomspunna och hemliga hembränningssällskap som grundades av Erik Nyman efter en uppenbarelse av ärkeängeln Gabriel, och som länge varit en väl bevarad hemlighet för de oinvigda. Bland allt material som min far samlade på sig kring sällskapet finns en märklig berättelse som handlar om vad som hände efter att Erik Nyman fick sin uppenbarelse. Erik berättade nämligen följande för min far:

Efter jag hade mött ärkeängeln Gabriel uppe på berget och han med dånande stämma hade förkunnat för mig:

Hädanefter ska du kalla dig sankt Erik
och vara hembrännarnas skyddshelgon
du skola bilda ett sällskap
som värnar och bevarar
de heliga dryckernas traditioner och hemligheter
du ska sprida och dela med dig
av den renaste gudomliga källan
till dina medmänniskor
och i det saliga ruset ska de finna frälsningen

Då började jag läsa och studera allt jag kom över om hembränningens historia och vetenskap för att kunna åtlyda ärkeängelns budskap. I riksarkivet i Härnösand fann jag en anteckningsbok efter apotekaren och alkemisten Samuel Sjustjerna som var verksam i trakterna under 1600-talet. Boken innehöll instruktioner om hur man bränner det bästa brännvinet och skapar andra alkoholhaltiga drycker. Här fanns instruktioner om hur och var man ska samla morgondagg och honung för att lägga i mäsken. Att man bör plocka Pors och

Johannesört i månsken för att få den bästa smaken och exempel på olika besvärjelser man ska läsa under de olika stegen för att få bästa resultatet på slutresultatet. Det fanns också praktiska tips, som vilken vinkel kopparrören ska ha, vilka dimensioner det ska vara på kolvar och kittlar, vilken ved som ger jämnast värme under de olika momenten. Jag allt fanns nedskrivit i boken för att lyckas med det stora arbetet.

I anteckningsboken fanns även en stor uppsättning recept. Idag skulle vi säga att dem påminner om drinkrecept, men Samuel kallade sina recept för tinkturer som han tillredde för att behandla patienter med vanliga åkommor och krämpor som fanns på 1600-talet som bleksot, dragsjuka, fallandesot, gikt, tandvärk och magont.

Några av recepten i boken var:

Mygga (mot gikt, bett, svullnader och sår)
Krossa försiktigt i mortel några kvistar färsk mynta och harsyra med honungsvatten och sprit.
4 cl sprit
2 cl honungsvatten
Tillsätta mynta och harsyra

Den heliga Margareta (mot magont, illamående, huvudvärk och tandvärk)
4 cl sprit
Mortla en näve krossade hjortron och en näve harsyra i halvjäst honungslag.
Fukta glaskanten och lägg på ett lager salt innan förtäring.
Vargen (mot dragsjuka, bleksot, fallandesot och andra sotsjukdomar)
5 cl sprit

10 cl lingondricka
Tillsätt några färska granskott innan förtäring

I Samuels Sjusternas anteckningsbok hittade jag även en karta med instruktioner om var man bäst lagrar spriten i en myrstack över vintern för att få fram den rätta smaken. Jag blev förstås nyfiken på platsen och om något fortfarande fanns kvarglömt i myrstacken så här flera hundra år senare. Jag lyckades efter en del efterforskningar och genom att jämföra gamla och nya kartor komma underfund med att platsen borde vara borta vid Björnberget och det rimligtvis borde vara myrstacken som finns på södersidan av det som kallas hundraårsgranen. Ingen vet egentligen hur gammal granen är, men minst ett par hundra år skulle jag tippa på. Myrstacken vid granen är enorm. Den är lika hög som en fullvuxen karl och det är inte orimligt att den funnits där ända sedan Samuels tid.

Efter en besvärlig vandring hittade jag granen och myrstacken. Jag började genast gräva i myrstacken. Myrorna blev förstås rasande och gick till attack och bet mig och hela luften stank av myrpisset. Jag grävde mig försiktigt allt djupare ner i stacken då spaden stötte till något. Jag stack ner händerna och myrorna blev nu ännu galnare och bet mig oavbrutet på händerna, men jag lyckades få tag i föremålet och lirkade ut det ur stacken. Det var ett brunt lerkrus. På den smala halsen fanns ett groteskt huvud av en man med ett stort skägg och längre ner på kruset fanns ett intrikat mönster uppbyggt av heptagoner och längst ner stod texten *DRINCK VND LEBT LANGE*.

Jag korkade nyfiken upp flaskan och luktade på innehållet. Det luktade helt fantastisk av brännvin. Jag blev nästan berusad av själva lukten. Sedan tog jag en klunk. Aldrig hade jag smakat något liknande. Det var som det gamla kända citatet "Drink djupt, eller smaka inte den pierianska källan". När jag väl hade smakat kunde jag inte sluta dricka och när jag väl hade tömt den sista droppen ur kruset blev jag mycket trött och blev tvungen att lägga mig ner och vila på den mjuka mossan under en stor gran. När jag vaknade efter flera timmar kände jag mig ovanligt pigg och studsade nästan upp från marken. Vägen hem gick ovanligt lätt, det kändes nästan som om jag småsprang genom skogen och jag kände inte av mina gamla krämpor längre. Det var som om jag såg och hörde allt mycket tydligare i skogen runt omkring mig. Jag bestämde mig för att besöka några av mina bekanta och berätta om det fantastiska brännvinet och visa dem det märkliga kruset.

Mina vänner satt som vanligt utanför Systembolaget och filosoferade. När jag hälsade på dem stirrade de förskräckta på mig.
-Men va fan utbrast Per i Skogen efter en stund. Vad har hänt? Har du provat någon ny mirakelsalva?
-Hur så? undrade jag förvånat.
-Du ser ju minst 20 år yngre ut?
-Gör jag!? svarade jag förvånat och kände mig i ansiktet och till min förvåning var huden slätare och fastare än den brukade. Det kändes som om rynkorna var borta. Jag gick bort till fontänen vid torget och speglade mig i vattnet och kunde knappt tro mina ögon. Jag hade blivit minst 20 år yngre. Hela kroppen hade förändrats. Jag var smalare, mer muskulös och spänstigare än jag hade varit på länge. Det var därför hemfärden genom skogen hade gått så snabbt och alla intrycken hade verkat så skarpa. Min syn och hörsel hade också återgått till sina glansdagar.
-Vad är hemligheten undrade Per i Skogen? Har du kanske upptäckt ungdomens källa?

Jag funderade på vad som hade hänt och började berätta för mina vänner om mina efterforskningar kring Samuel Sjustjerna och kartan jag hittade i anteckningsboken. Hur jag hade hittat kruset långt ner i myrstacken och smakat det underbara brännvinet och sedan somnat som ett barn.

Per i Skogen tog kruset och luktade. Han gned fingret längs krusets kanter och gned det sedan mot tandköttet.

-Ja, sa han. Det var ett sjuhelvetes gott brännvin det här. Synd att du har druckit upp allt själv. Jag känner smak av hjortron, kråkbär, liljekonvalj, granbark, myrstack och något jag inte kan identifiera. Jag har aldrig smakat något så gudomligt gott.

De andra på bänken turades om att lukta och smaka på de få droppar som fanns kvar. Och de instämde unisont om det fantastiska brännvinets kvaliteter och smaker.

-Jag kommer att tänka på en legend som min farfar berättade för mig en gång i tiden sa Jonte med cykeln efter en stunds eftertanke. Den handlar om en märklig kallkälla uppe vi Lomtjärna som springer fram ur urberget vart hundrade år när rätt person befinner sig på rätt plats. Det sägs att källan har magiska krafter och vattnet har använts av trollkarlar och häxor under tusentals år för att framställa olika brygder och dekokter, men den som dricker direkt ur källan för han kan det gå riktigt illa. Kraften är nämligen så stark att den kan leda till vanvettet och död om man inte är försiktig. Tänk om den där Samuel på något sätt hade fått tag i vatten från källa och bränt brännvin av det och det är det som gjort att du blev yngre?

Vi satt alla tysta en stund och funderade över det märkliga när Per från Skogen plötslig sken upp och sa:

-Du säger att kruset legat orört i myrstacken i nästan 400 år? Helt otroligt att ingen tidigare tänkt på att lagra brännvinet i myrstacken. Där finns den perfekta värmen för lagringen och så ligger den säkert från Länsmans långa fingrar. För inte stoppar han ner dem i en myllrande myrstack. Det vågar han inte.

Vi skrattade gott åt den tanken på Länsman som blev biten av myror och beslöt sedan att utforska hemligheten bakom myrstacksbrännvinets lagring.

Kruset som jag hittade i myrstacken används än i dag för att förvara brännvin i och ingår som en del i invigningsritualer till Alkoholens Alkemister. Tyvärr har den föryngrande kraften försvunnit, men de som dricker ur kruset brukar berätta att de känner sig piggare och upplivad av drycken, så någon kraft finns det nog fortfarande kvar i kruset.

Gustav Hägglunds märkliga boksamling

Robert Broman hade tagit ett tidigt morgontåg från Stockholm till Kramfors. När han klev ner på perrongen var det strax före lunch. Dagen innan hade han fått ett telefonsamtal med en förfrågan om han ville värdera en boksamling som skulle ha tillhört Gustav Hägglund. Robert som drev antikvariatet Boksvängen blev naturligtvis intresserad för han kände sedan länge till poeten och skogsfilosofen Hägglund. Eftersom det kunde finnas värdefulla och exklusiva utgåvor i samlingen så ville han inte missa tillfället och låta någon annan hinna före honom. Så han hade direkt bokat biljetter till första tåget dagen därpå.

Från stationen tog han sig sedan vidare till det hus där Gustav Hägglund hade hyrt ett rum. En medelålders man öppnade dörren och förklarade att det var hans avlidna mor som hade ägt hus och hon brukade hyra ut ett par rum till skogsarbetare i trakten. Gustav Hägglund hade bott uppe på vinden en tid, men hade sedan mystiskt försvunnit utan att betala den senaste månadens hyra.

-Min mor behöll böckerna som en pant för hyran ifall han skulle dyka upp igen, berättade mannen för Robert. Men nu när min mor är död, och någon Hägglund har inte heller dykt upp, så då tycker jag det är på tiden att böckerna säljs som ersättning för den uteblivna hyran som min mor aldrig fick.

Mannen visade Robert upp för en brant trappa och öppnade en dörr och klev in i rummet. Det var ett litet vindsrum med ett bord och en stol vid fönstret, en kronblomssoffa som fungerade som säng och en liten gjutjärnsspis för värme och matlagning. Taket sluttade så Robert fick på vissa ställen bocka sig för att inte slå i huvudet.

-Böckerna finns här bakom.

Mannen öppnade en enkel dörr i väggen och tände den nakna glödlampan som dinglade från taket.

-Det är lite märkliga böcker, men något måste de iallafall vara värt, eller vad tror du?

Robert tittade in i utrymmet. Det var bara en skrubb, någon kvadratmeter stor, och det första han slogs av var lukten. Lukten av gran, kåda och skog. I skrubben stod en fint tillyxad bokhylla av gran fylld med märkliga snidade figurer och ornament. Hägglund hade skrivit några av sina berömda teser på hyllorna som "Varje gren har sitt ursprung i en stam." och "Kotten måste falla för att ha en framtid."

Bokhyllan hade fyra hyllplan. Robert började med att undersöka hyllan längst upp där det stod sju volymer ur ett xylothek, alltså ett trädbibliotek där böckerna var gjorda helt i trä av olika trädslag som tall, gran, björk, asp, rönn etc. Om man öppnade en av böckerna, som var mer som en ask, kunde man hitta löv, kottar, frön och bark från det aktuella trädet. Av åldern och utseende trodde Robert att det kunde vara delar av Carl Schildbachs berömda trädbibliotek från 1700-talet.

På den andra hyllan fanns en samling med sju små böcker i kvartoformat inbundna med skinn från olika djur, där fanns huggorm, gädda, bäver, björn, albinoälg och räv. När Robert tog ut den sjunde boken och kände på omslaget påminde det honom om grisskinn, men efter en noggrannare undersökning gick en rysning genom hans kropp. Han hade hört rykten om dem bland sina boksamlande vänner, men aldrig själv hållit en i handen. Antropodermisk bibliopegi var den vackra omskrivningen för den här typen av böcker som var bundna av människoskinn. Alla sju böckerna var fina handbundna arbeten, troligen tyskt 1500-tal tänkte Robert. Det märkliga var att alla böckerna hade helt blanka sidor. Förutom bokstäverna I och H i röd runskrift, placerade längst ner på böckernas ryggar fanns det inga uppgifter om ursprung eller ägare. Det såg ut som sju helt oanvända anteckningsböcker. Mycket märkligt och makabert, men också mycket värdefulla för samlare konstaterade Robert. På den tredje hyllan hittade Robert mer normala böcker om skogsbruk som Wikströms bok "Om insamling och utklängning af fröbara gran och tallkottar" och Sylvans "Om skogsbruk: vägledning i blädning" samt några årgångar av "Domän-styrelsens underdåniga berättelse rörande skogsväsendet".

På den sista hyllan låg bara en enda sak, en trasslig fiskelina med krokar, flöten och drag.

När Robert försiktigt plockade upp fiskelinan harklade sig mannen bakom honom och sa:

-Ja, det där skräpet skulle jag ha slängt för länge sedan eller åtminstone tagit reda på dragen och flötena.

-Slängt? utbrast Robert förvånat. Det hade varit en stor olycka. Du förstår detta är ingen vanlig fiskelina utan en quipu. En quipu användes av inkaindianerna i Sydamerika för att hålla reda på olika saker. Det är ett sinnrikt system där man med hjälp av rep och knutar kan bokföra många olika uppgifter. Jag skulle tro att det här är Olle Nyströms, alltså Mäsk-Olles, sedan länge sedan försvunna fiskekarta som berättar om hans hemliga fiskeplatser uppe i Finnmarken. Man kan på linan avläsa koordinater, tidpunkter och vilka drag och beten som fungerar bäst för att fånga fisken. Här är till exempel en notering om Gubbtjärn, september, morgon vid 6-tiden, grönt skeddrag, storrödingen, och här är Gäddtjärna, det står...konstigt...det står bara undvik alla tider. Som du förstår kan en bok se ut på många olika sätt.

-Så vad tror du att böckerna kan vara värda?

Robert funderade. Xylotheket var värt en hel del. Skinnböckerna hade han funderat mer på och ett svagt minne hade gjorde sig påmint. I och H, 1500-tal...kunde böckerna ha tillhört Iohannis Heptaconius necromancern från Stensätter? Det hade funnits rykten om att Iohannis hade skrivit dagböcker under sina många resor ute i Europa och i Mellanöstern. Om detta var de försvunna dagböckerna så skulle det vara en sensation. Då skulle böckerna i princip vara ovärderliga. Robert misstänkte att om så verkligen var fallet så var böckerna inte tomma utan skrivna med osynlig skrift eller så fanns det en besvärjelse så att inga obehöriga skulle kunna läsa dem. Han måste till varje pris ha dem där böckerna.

Böckerna om skogsbruk var inte så värdefulla, och fiskelinan var visserligen ett unikt föremål men hade inget större värde för oinvigda. Robert höftade till med en siffra, som var en bråkdel av vad han trodde det hela var värt.
Mannen flämtade till.
-Så mycket utbrast han! Jag som trodde på sin höjd ett par hundralappar.
-Ska vi säga så då frågade Robert och plockade fram sitt checkhäfte.
-Naturligtvis, det blir jättebra.
Robert skrev ut checken och överlämnade den till mannen och började sedan plocka ner böckerna i en stor resväska som han hade med sig för ändamålet.

På farstubron tackade han mannen igen och såg på klockan. Det var några timmar innan tåget gick tillbaka till Stockholm så han skulle hinna med att besöka sin farbror Helge Broman och lämna över Olle Nyströms fiskekarta och Iohannis dagböcker till Helge så att de säkert kunde förvaras i det hemliga biblioteket på den bromanska herrgården. De övriga böckerna planerade han att sälja i sitt antikvariat.

Isak i albinogäddans buk

Det var en dag i september, började Isak Jonsson sin berättelse. Det blåste bra på älven den dagen, men inte värre än man kunde gå ut med båten. Jag rodde med starka tag ut från Ödskajen, förbi Grusholmen och Sandviksfabriken rakt ut där älvfåran är som djupast. Det hade börjat ta i mera när jag kom fram så det gick vita gäss på sjön. Jag ställde mig med min båtshake i fören av båten som jag brukade göra och spanade över vågorna med förhoppning om att få se en skymt av den monstruösa albinogäddan som så länge hade gäckat mig.

När jag stod där och kikade med blåsten som piskade mig i ansikte, kändes det plötsligt som om båten gick på grund och jag kastade högt upp i luften. Precis när jag höll på att falla ner mot ytan såg jag två stora svarta ögon, stora som dasslock, som stirrade på mig, innan ett ginnungagap öppnades under mig och albinogäddan slukade mig hel med hull och hår. Jag gled nedför en slemmig rutschkana innan jag med ett plask landade i magen på gäddan. Jag lyckades resa mig upp på darriga ben och famlade fram en tändsticksask jag hade med mig och tände en sticka. I det svaga skenet såg jag all möjlig bråte som flöt omkring i magskvalpet men det fanns också en stor torr avsats som jag klättrade upp på. Här hittade jag torrveden som jag kunde tända och göra upp en liten brasa med för att värma mig med.

Ja, va ska en göra när man är fast i magen på en jättegädda? Det är bara att vänta och se tänkte jag. Efter ett tag märkte jag ett märkligt ljud i vattnet framför mig. Det lät som om något simmade runt där nere bland bråten. Så jag tog ett vedträd ur brasan och gick närmare och lyste ner mot mörkret. Då glimmade det till i vattnet. Ni tror mig inte om jag säger att det var den största lax jag någonsin sett som simmade omkring därnere i gäddans mage. Den var minst en och halv meter lång och ett famntag där den var som fetast. Jag insåg att det kunde dröja innan jag kunde ta mig ut från gäddans buk och att jag måste ha något att äta under tiden. Som tur var har jag alltid med mig min morakniv så jag drog den ur slidan och kastade mig efter fisken. Det blev en brottningsmatch som heter duga. Fisken slingrade sig och var urstark som en krokodil, den slog med fenan och försökte simma iväg från mig, men jag höll emot och lyckade till slut sticka kniven rakt under gälarna så den dog och flöt upp till ytan.

Jag fick sedan använda mina sista krafter för att baxa upp laxen på den torra delen. Den vägde nog nästan 40 kilo skulle jag tro. När jag i skenet från elden tog mig en närmare titt på min fångst tyckte jag att det var något märkligt med den, för magen putade ut ovanligt mycket även för en sådan stor fisk. När jag sprättade upp buken så ramlade det till min förvåning ut ett paket. Det var inlindat i segelduk som skydd mot vätan. När jag öppnade paketet såg jag att det var en bok. Det visade sig vara en gammal handskrift med snirkliga bokstäver och fina bilder. Och boken, ja, det var Jonas bok ur bibeln. Jag fick sätta mig ner för det var så märkligt ska ni tro. Här blir man slukad av en jättefisk och hittar i buken en annan jättefisk som har svalt en bok som handlar om hur Jonas blir slukad av en jättefisk. Säg är det inte ett underligt sammanträffande så säg?

Jag hade ju inget annat att göra så jag satte mig vid elden och började läsa boken. Den var skriven på gammel-ångermaländska och det var bra märkligt alltihopa, men nog tyckte jag att mycket av det som stod i boken påminde om trakterna vi bor i. För i texten befaller Gud Jonas att åka till Nyland, men se det vill han inte utan tar istället båten till Kramfors, men en storm bryter ut och besättningen kastar

Jonas överbord och han slukas av en jättefisk. Ja när jag såg på bilderna av hur Jonas slukas av jättefisken, då tyckte jag det mer liknande en vit gädda än en val iallafall. I tre dagar läste jag boken flera gånger om medan jag njöt av halstrade och grillade laxfiler över den öppna elden. Bland all bråten i gäddans mage hittade jag också en flaska med finkonjak som gäddan hade svalt vid något tillfälle. Så jag trivdes som fisken i vattnet, eller rättare sagt som Isak i albinogäddans buk, men på den tredje dagen började veden tryta. Den ved som fanns kvar var inte riktigt torr än så jag tvingades lägga på surveden och då blev det en faslig rök inne gäddans buk. Jag kunde knappt se handen framför mig. Och rätt som det var började gäddan att hosta och spottade ut mig på torra land. När ögonen hade vant sig vid ljuset såg jag att jag befann mig på Lilla Norge och sen dröjde det inte länge innan en fiskare upptäckte mig och kunde ge mig skjuts in till fastlandet.

Boken? Ja, den sålde jag till den där Robert Broman, som är intresserad av gamla böcker, och för pärningarna köpte jag mig en rejäl motorbåt. Det är den där röda som ligger ner vid Ödskajen. För den där albinogäddan ska inte tro att han kan komma undan en gång till, så sant jag heter Isak Jonsson.

Den skogstokige

Till Finnmarksstina kunde den som tordes gå för att bli spådd. Hon bodde i ett gammalt pörte med jordstampat golv och torvtak där en trött getabock brukade gå och beta. På ytterdörren var en uppstoppade ekorre korsfäst med igensydda ögon och mun. Den är för att skydda mot de ansiktslösa som stryker omkring i skogarna förklarade hon för den som vågade fråga. Inne i stugan var det mörkt och rökigt. Upp i ett hörn satt en kråka som man först trodde var uppstoppad, men som fick liv när käringen skulle dricka kaffe på fat. Då flög den ned från sin plats och satte sig på hennes axel och ville ha en sockerbit doppad i kaffe. Finnmarkstina kunde spå både i handen, i kaffesumpen och med hjälp av djurben som hon förvarade i en läderpung. Det märkliga var att hon alltid verkade ha rätt om kärlek, pengar och andra saker och alltid lyckades hon svara på vad borttappade saker hade tagit vägen. Men hon var en mycket underlig och säregen kvinna som ständigt sög på sin gamla pipa och rätt som det var kunde stelna till och intensivt lyssna ut i tomma intet, för att sedan rafsa åt sig åt en penna och en bit papper och börja skriva.

-Jaså, han säger det. Det var intressant, kunde hon säga och skriva ner några rader på pappret.

Den som fick en glimt av vad hon skrev kunde snabbt konstatera att det var någon form av poesi med strofer som "Kraxar du kråksskrälle på din gren, men snart komma de och tar dina ben" och "Ekorrjävel faller du från tallen, blir du en mumsbit för mickelräven".

Men så hände det sig en dag att Finnmarkstina blev tokig, jag menar mer tokig än vanligt. Hon blev skogstokig som man bruka säga och gick bärsärkagång i en närbelägen by och skrämde både folk och fä. En del trodde att hon fått i sig fulfinkel eller ätit flugsvamp för hon hallucinerade och skrek och ropade på gammelfar. Till sist fick man kalla på länsman och doktor Molander för att få ordning på det hela. Det krävdes en bedövningspil som i vanliga fall används för att söva björn för att få stopp på käringens framfart och sedan två starka karlar för att få på henne tvångströjan innan ambulansen kunde köra henne till Björknäs mentalsjukhus. Där fick hon sitta i en madrasserad cell under natten för att lugna ner sig. Varje timme skulle man se efter så att hon inte gjorde sig illa. Jag vet det för jag jobbade den dagen och fick först brotta ner henne för att sätta på tvångströjan och sedan varje heltimme under natten gå fram och öppna luckan och titta efter. Då satt hon mot väggen i cellen helt borta och dreglade från mungipan.

När dr Molander på morgonen öppnade celldörren och gick in till Finnmarksstina då var hon fortfarande dåsig, men hon ville absolut inte kännas vid vad som hade hänt dagen innan, utan envisades istället med att få bli utskriven och få åka hem till sin kråka som hon oroade sig för. Då dr Molander kunde konstatera att Finnmarksstina inte var mer tokig än normalt så lät han henne gå. Inte kan man låsa in alla normaltokiga brukade dr Molander alltid säga, då hade vi haft platsbrist hela tiden.

När Finnmarkstina hade försvunnit ut genom dörrarna plockade jag upp tvångströjan och det var då jag upptäckte det. Hela insidan av tvångströjan var täckt med text. Jag visade den för dr Molander som blev blek vid åsynen. Han hade också varit med när vi satte på tröjan och då hade den varit alldeles vit och ren på insidan. Jag hade själv noga övervakat henne hela natten så hon kunde omöjligt ha tagit sig ur den för att skriva i den. Hur tvångströjan hade blivit fullskriven medan den satt på Finnmarkstina i ett låst rum förblir för mig ett mysterium. Dr Molander tog iallafall snabbt hand om tröjan och gick sin väg. Jag hann bara läsa några rader innan han tog den, men det jag läste gjorde mig olustig till mods. Det stod: *Stjärnfarare, välkommen till Heptonium. Lyssna. Hör. Stenarna sjunger. Den åttaarmade har vaknar ur intenheten. Guldringens sju skuggor stiger fram och sluter cirkeln i kvadraten...*

Vad tvångströjan är nu vet jag inte. Jag har frågat dr Molander var den tagit vägen, men han säger att den brändes upp för den var full med löss och ohyra, men jag tror honom inte. Det var något i hans blick som sa att han ljög och dagen efter såg jag hur han räckte över ett paket till sin gamle vän Helge Broman ute vid entrén. Jag är säker på att den fortfarande finns undanstoppad någonstans på ett hemligt ställe.

Den uppgrävda lådan

Vid renoveringen av en vattenledning i Bollsta våren 2015 stötte grävskopan till en plåtlåda. När man tog upp och öppnade lådan hittade man ett exemplar av tidningen Nya Norrland från den 12 juni 1935, ett manuskript till en roman med titeln 2020 av Folke Arvidsson och en tjock bunt papper full med tätskrivna rader där det med prydlig handskrift stod ett årtal, från 1936 till 2014, ett veckonummer, och en serie med 12-13 tecken bestående av 1, X och 2.

Grävmaskinist Peter Olsson, som arbetade den dagen, såg genast att det rörde sig om tipsrader och började nyfiket googla på nätet och kunde förvånat konstatera att pappren verkade innehålla alla korrekta stryktipsrader från åren 1936 till 2014. Med tanke på att det verkade som om plåtlådan grävdes ner redan 1935 så var det märkligt att alla rätta rader fanns nedskrivna långt innan matcherna hade spelats.

-Hade jag hittat lådan bara ett par år tidigare då hade man varit rik vid det här laget brukade Peter alltid säga när han återberättad den märkliga historien.

Bokmanuset överlämnades till bibliotekarien Anna Westlander som fick i uppgift att undersöka bakgrunden och se om hon kunde få fram något om författaren. Efter några dagars efterforskningar kunde Anna rapportera att Folke Arvidsson var född 1901 och hade hela sitt liv bott i Bollstatrakten och jobbat på sågen. Vid en eldsvåda hösten 1935 hade Folkes hus brunnit ner och han hade omkommit i branden. Huset hade legat exakt på den platsen där man hade hittat lådan. Det fanns annars väldigt lite information om Folke. Han verkade mest ha hållit sig för sig själv och det fanns inga uppgifter om att han någonsin skrivit eller publicerat något, eller för den delen gjort något väsen av sig.

Sedan var det det där med bokmanuset som Anna också hade hunnit läst igenom. Folke Arvidsson hade textat för hand med täta och prydliga bokstäver med blyertspennan på smörpapper.

Historien är mycket välskriven och påminner mig om de stora dystopierna i litteraturen berättade Anna. Jag kom att tänka på bland annat George Orwells kända roman 1984 som skrevs 1949 långt efter Folkes roman. I Folkes roman får vi möta huvudpersonen K som väcks en måndagsmorgon av att säkerhetspolisen knackar på hans dörr. De för iväg K utan vidare förklaring till ministeriet för tankekorrigering för att förhöra honom. Vi får veta att K anklagas för att sprida falska uppgifter i det som Folke kallar tankeväven, ett världsomspännande elektriskt kommunikationssystem, som påminner mycket om dagens internet. K ska ha varit med i en hemlig gruppering och där bland annat hävdat att det virus som sprids över världen i den pågående pandemin avsiktligt ska ha framställt av forskare för att kunna styra människors tankar och ta över deras liv.

K släpps efter förhöret med förses med en telepatisk boja runt halsen så säkerhetspolisen kan hålla koll på honom. På en krog träffar K sin vän Ny och de börjar diskutera den pågående pandemin. Ny är övertygad av att verkligheten bara är en dröm och att alla egentligen ligger nedsövda och uppkopplade till en drömmaskin i en stor anläggning i väntan på att forskarna ska hitta ett botemedel på den allvarliga sjukdomen. K är skeptisk och menar att myndigheterna genom olika strålar från radiomaster styr befolkningens tankar. Därför ska man alltid bära hatt som är fodrad med bly för att inte hjärnan ska koka sönder av radiostrålarna påpekar K. K och Ny börjar bråka om vems verklighetsuppfattning som är den rätta och skiljs åt som ovänner.

K irrar under flera dagar omkring i staden. Han saknar pengar och svälter och börja hallucinera och här får läsaren ta del av en ungefär 50-sidor lång osammanhängande inre monolog om olika konspirationsteorier utan ett enda skiljetecken. K träffar Ny igen och blir bjuden på middag och piggnar till. Han får av Ny veta att hans fall har avgjorts av de Högsta och att säkerhetspolisen letar efter honom. De tänker koppla ur honom som Ny uttrycker det (alltså döda K), men K lyckas smita ifrån säkerhetspolisen och smyga ombord på ett rymdskepp som just ska lyfta till Mars. När rymdskeppet passerar månen ser K en stor komet som passerar dem. Den är på kollisionskurs med jorden och genom rymdskeppets fönster ser K hur kometen träffar jorden som förintas. K vaknar då svettig i sin säng och inser att allt bara har varit en mardröm. Han ser i almanackan att det är måndag igen och dags att gå till jobbet. Då knackar det på dörren och där slutar historien.

Domedagspredikan av Hindrich Bromaneus

Hindrich Bromaneus som var präst i Ytterlännes socken under 1600-talet var känd för sina svavelosande och bombastiska predikningar. Den här Domedagspredikan från långfredagen 1634 är hämtad ur "Hindrich Bromaneus samlade skrifter band VII: Uppbyggliga predikningar och uppläxande domedagsurkundelser" sammanställd av Godherreorden, Sjustjärnebrödernas loge i Härnösand, anno 1677.

I natt jag drömde det förfärligaste. Jag hade lagt mig till sängs efter en brakmiddag med häradshövding Olifvecrona, Länsfogde Näsman och biskop Högstadius. Vi hade ätit och druckit gott. På bordet serverades det helstekt tjäder, enspånsrökt älgtunga, gravad röding, bävergryta med kantareller, rådjurskorv, honungsglaserade björnkotletter, halstrade havsörnsbröst med hjortrongele, gökägg, kräftor, ostar, frukter, puddingar, pastejer, rhenska viner, myrtstacksbrännvin och svartölet. Det vattnas i munnen bara jag tänker på all denna gudomliga härlighet som Gud hade skänkt oss denna underbara kväll. Ja, men nog om detta, det är ändå bortkastade smakupplevelser på er, era fattiga grötslevande bönder utan sinne för smak och finess.

Iallafall så vaknade jag mitt i natten av svåra plågor. De var som om alla Satans maror red mig svettig under mörkrets timmar och fyllde min syndfulla själ med skräck och ånger inför den stora gudomens rannsakan. Jag såg då en syn framför mig där självaste pärleporten slogs upp på vid gavel och jag min arma själ fick tillträde till himlens salar. I himlens salar stod en ängel som blåste i en väldig näverlur och signalen ekade i himlen så ock på jorden så bergen skalv och jag darrade av rädsla. Bredvid stod en annan ängel med en väldig bok. Det var den heliga skriften säger jag eder. Runt boken vara en gyllene kedja slagen som var låst med sju förgyllda hänglås. En herde med herdestav och en kappa av vitaste lammull steg fram och knäböjde framför mig och sträckte fram en väldig nyckelknippa till mig och sade. -Du värdige lås upp låsen på sistadagenboken och se och läs så du sedan kan vittna för de dödliga som krälar i sitt förbannade stoft. Se och lär vad som väntar de stackars syndare som icke lyder de tio budord som är för evigt huggna i stenen. Jag tog emot nyckelknippan och låste upp alla låsen och se då blåste en vind bort molnen under mina fötter och jag sågo ner på jorden och jag sågo en väldig vidsträckt slätt framför mig.

På slätten sågo jag huru från de fyra väderstrecken apokalypsens fyra ryttare kom ridande. Från norr kom Döden ridande på sitt bleka benrangel till häst. Han gestalt var mörk och han var draperade i svart munkkåpa och hans väldige lie, som droppade av färsk blod, vilade på hans breda axlar. Efter honom släpade han väldiga rostiga kedjor och i slutet fanns köttkrokar som släpade de fördömdas kroppar genom stoffet. Svarta fåglar attackerade ständigt deras kroppar och pickade ut deras ögon och slet i deras inälvor under svåra plågor. Bakom döden marscherade hans armé av hädangångna, ruttnande kroppar fylld med krälande liklarver, och över hela hären svärmade ett svart moln av miljontals stora spyflugor.

Från söder kom Kriget ridande. Han bar en rustning av skimrande vita benknotor och i sin hand höll han en väldig slägga. Bakom sig lämnade han ett spår av krossade skallar. När han fruktansvärda armé marscherade efter honom krossade de under ett öronbedövande dån alla skallarna till ett fint vitt damm som färgades rött av blod och var från soldaternas lemlästade kroppar. Över soldaterna cirkulerade sedan stora skrikande harpyjor som väntade på att få frossa på slagfältets tusentals lik.

Från öster såg jag Svält som kom ridande. När hand red förbi dog och förtvinade all växtlighet i hans närhet och ett tjockt lager av frost la sig över marken, som var så kall att den gick genom ben och märg. Hans armé bestod av utmärglade soldater klädda i bara trasor. De var som vandrade benrangel men deras ögon lyste vansinniga av hunger och deras rovdjursmunnar klapprade i takt på jakt efter färskt människokött.

Till sist från väster kom Elände. Det var en ståtlig herre, klädd i fina kläder och med dyrbara smycken. I sin hand höll han en niosvansad piska som han svingade framför sig för att driva en stor hord av fruktansvärda vildsvin som plöjde ner och dräpte allt i sin väg. Och bakom Elände gick den rasande eldhären. Det var soldater med flammande svärd och glödande rustningar som förvandlade allt till svart aska som kom i deras väg.

Jag stod skälvande i mitten av fältet när de fyra ryttarna närmade sig mig. De stannade framför mig och Döden tog till orda. -Du har nu sett och skall nu vittna för de gudstrogna var du hava sett. Säg dem att detta är vad som väntar dem: Död, sjukdom, krig och elände om de inte lyder de gudomliga buden och i tid erlägger sitt tionde till gudomens utvalda och utsända tjänare här på jorden. Amen.

Och nu är det dags att samla in dagens kollekt och sjunga psalmen som börjar med strofen "Then som wil en Christen heta/ Och rätt thet Nampnet bära/ Han skal tijo Budord weta/".

Den förbannade holländaren

Det måste väl ha varit i slutet av september. Erik Nyman tog sig en rök ur pipan innan han fortsatte att berätta. Träden hade börjar skifta i färg och det var klart och kyligt i luften, ungefär som ikväll. Han pekade med pipskaftet ut genom fönstret på Jontes timmerkoja där de hade samlats den här kvällen för att berätta skrönor och spökhistorier för varandra. En Isak Jonsson var ute och rodde på älven som vanligt i jakten på albinogäddan. Han var i närheten av grundpricken mitt emot Marieberg när en tät dimbank plötsligt växte fram framför honom. Att det bildas dimma ute på älven vid den här årstiden är ju inte ovanligt, men att de går mot vinden brukar aldrig hända. Det dröjde heller inte länge innan dimman hade slukat Isak och båten hans. Dimman var tjock, man kunde nästan skära i den och Isak såg knappt handen framför sig. När han satt där och lyssna hörde han ett ljudet av vågor som bryts.

Först trodde han det var albinogäddan som i skydd av dimman kommit upp ur djupet, så han tog upp sin båtshake och ställde sig i fören, som en valfångare med sin harpun och gjorde sig redo att möta monstret, men sen hörde han ljudet närmare och han kände igen det distinkta monotona tuggande från en motor och snart dök bogserbåten upp ur dimman mitt framför honom. Båten var på kollisionskurs med hans egen båt så Isak fick kasta sig på årorna och ro för glatta livet för att inte kollidera med bogserbåten. På bara några meters avstånd gled den släckta bogserbåten förbi honom och han kunde läsa båtens namn i fören "Eländet" och på bryggan såg han en svart gestalt och förstod genast att det var den förbannade holländaren han hade mött.

Ja ni känner väl alla till historien om Hainiken van Vreesingen? Han kom från Holland för att söka arbete inom den blomstrande sågverksindustrin och fick arbete som kapten på en bogserbåt som drog stora timmerlass upp och ned längs älven. Båten hette från början Friden, men efter att Hainiken tagit över rodret döptes den snabbt om av besättningen till Eländet. För han var en fruktansvärd elak och förbannad kapten som drev sin besättning till bristningsgränsen och behandlade dem som djur. Det var bara spott, spe och elände under Hainikens hand. Det var under den stora stormen som det hände. Alla andra bogserbåtar hade lagt sig i skydd i hamnen, men Hainiken skulle till varje pris leverera sin last för att inte missa sin bonus, så han tvingade ut sin besättning på den rasande älven. Vinden ven, regnet piskade, åskan mullrade och vågorna kastade båten som en handske fram och tillbaka på det stormade vattnet. Besättningen slet för sitt liv. Vad som riktigt hände får vi nog aldrig veta. En av besättningsmännen hittade man drivande i en livbåt alldeles apatisk dagen efter. Han var helt förstörd och det enda ord man lyckades få ur honom var "Eländet". Vad som hände med resten av besättningen och båten kunde ingen svara på. Alla utgick från att båten hade gått till botten med man och allt.

Det var den bogserbåten som nu gled förbi bara några meter från Isaks roddbåt. Isak kände samtidigt en fruktansvärd kyla som spred sig genom märg och ben och han såg hur ett tjockt frostlager täckte hela roddbåten. Efter Eländet drogs en lång tamp och snart dök en mörk skugga upp ur dimman. Det var ett stort timmerlass som båten bogserade efter sig och nu kommer det mest hemska av allt. Uppe på timret satt det människor. De var de drunknade, de som hade drunknat i älven, barn, kvinnor och män. Halvruttna, uppsvällda, gråbleka varelser, som den förbannade holländaren hade plockat upp från botten och nu skulle bogsera till helvetet, för det var hans straff, att bogsera de drunknande till helvete i evig tid. Ni kan tro att Isak blev gråhårig efter en sådan skrämmande upplevelse. Jag säger er att den förbannade holländaren är det sista man vill möta när man är ute på älven!

Erik Nyman knackade ut den utbrunna pipan vid den öppna spisen och lutade sig nöjd tillbaka och väntade på att näste man skulle börja att berätta.

Han som aldrig reste sig

Olof Viklund kunde konsten att resa. Det var först efter hans död som det upptäcktes att denna världsvana globetrotter aldrig hade lämnat sitt rum under alla de år som han skrev sina uppmärksammade reseguider. Olof Viklund föddes i Väja och började som alla andra i hans generation att arbete redan i unga år på brädgården. När han blev äldre fick han jobb på sågen. Han gifte sig och fick två döttrar och levde ett stillsamt och enkelt liv, men så skedde olyckan som kom att förändra hans liv.

Det var en varm och solig söndagseftermiddag i juli. Familjen hade packat ner sig i ekan med matsäck för att ro över till Litanön för att bada och njuta av solen under ledigheten. När de kom ungefär mitt på den spegelblanka älven stötte båten plötsligt till något. Stöten var så kraftig att båten sprang läck och tog in vatten. I tumultet som uppstod välte hela båten och Olofs fru och två små barn drunknade. Olof lyckades överleva genom att klamra sig fast på en åra. Medan han desperat klamrade sig fast på åran såg han hur en stor skugga försvann snabbt under honom ner i djupet. Några menade att det var den fruktansvärda albinogäddan som båten hade krockar med och som Olof hade fått en skymt av under vattenytan. Andra hävdade att de nog hade sett att Olof tagit sig en sup innan han begav sig ut på älven och man vet hur illa det kan gå när man blandar sprit och sjöfart. Några bevis på sjöonykterhet kunde dock inte länsman hitta utan man avskrev det hela efter ett tag som en tragisk olycka. En surstock som legat och guppat under vattenytan var den troligen orsaken till kollisionen och att båten, som hade sett bättre dagar, sprang läck och sjönk som en sten. Fru Viklund och barnens tragiska död förklarade man med bristande simkunskaper, de var som bekant inget vidare vid den här tiden.

Olof blev helt bedrövad och utom sig av sorg. Han kunde varken äta, sova eller jobba, och tvingades snart att överge hus och hem och flytta in på i ett litet vindsrum som han hyrde av fru Malm. Det var ett sparsmakat och slitet möblemang i det lilla vindsrummet, men det fanns ändå en bokhylla innehållande en världsatlas, Nordisk familjebok (Uggleupplagan i 38 band) och ett exemplar av Xavier de Maistre bok "Voyage autour de ma chambre". Men snart var tålamodet slut hos fru Malm som inte fått någon hyra på tre månader och med hot om handräckning och vräkning såg det mörkt ut för Olof, men det var då han av en händelse fick höras talas om en tidning som behövde någon som kunde skriva korta resereportage från Norrland. Olof ansökte med en artikel om Kramfors och dess vackra utflyktsmål. Redaktören uppskattade den enkla och folkliga stilen, som både var underhållande och faktaspäckad, och anställde Olof för att skriva fler resereportage om olika städer och platser i Norrland. Och med ett förskott från tidningen kunde Olof betala hyran till fru Malm och bo kvar i sitt lilla vindsrum.

Nu började en produktiv period. Olof levererade resereportage på löpande band från Junsele, Bjurfors, Hammarstrand, Dorotea, Umeå, Pajala osv. Under ett par års tid försörjde sig Olof på att skriva resereportage. Men så en dag kom ett brev från ett stort förlag i Stockholm som hade läst hans resereportage och ville anlita honom för att skriva reseguider om de stora svenska städerna och kanske även de nordiska om Olof kunde vara intresserad? Olof tog genast i tur med arbetet och snart kunde man i de flesta bokhandlar, turistbyråer och kiosker köpa reseguider från Borås, Malmö, Roskilde, Bergen och Åbo. Reseguiderna blev mycket uppskattade av läsarna och uppmärksammades på olika sätt.

-Man behöver knappt resa dit. Bara man läser guiden så känns det som om man har varit där kunde läsaren säga. Även ortsbefolkningen blev förtjusta i reseguiderna över deras städer. -Inte trodde jag att vår lilla stad hade så mycket spännande att erbjuda. När jag läser om vår stad så undrar jag varför jag ens tänkt på att flytta härifrån. Allt finns ju här. Det kan inte finnas en plats som är vackrare än vår lilla stad kunde de utbrista

Snart började det dyka upp manus på förlagschefens bord till städer och platser i Europa och sedan från andra delar av världen som Europa, Asien, Sydamerika och Australien. Det var väldigt var den där karlen flyger och far runt i världen tänkte förlagschefen, men han tog tacksamt emot materialet och publicerade det. Reseguiderna visade sig gå åt som smör i solsken och översattes till flera olika språk och fick flera internationella priser för sin nyskapande och inspirerande stil. Tack vare succén med reseguiderna kunde det lilla förlaget med två anställda, växa till ett stort företag med ett tiotal anställda. Med åren hann Olof skriva ett hundratal reseguider från hela världen. Men så en dag upptäckte förlagschefen att det var länge sedan det hade kommit någon ny reseguide. Det var märkligt för Olof var mycket punktlig och brukade leverera en guide varannan månad, men nu hade det gått fyra månader utan att någon ny guide hade dykt upp.

Förlagschefen skickade därför ett brev till Olof för att höra hur det stod till och hur det gick med nästa reseguide, men då han efter en månad fortfarande inte hört något från sin mest populära författare beslöt han sig genast för att försöka leta reda på honom. Förlagschefen visste ju inte var i världen Olof kunde vara, han kunde lika gärna befinna sig i Vancouver som Perth, men eftersom post och arvoden alltid skickades till samma adress i Kramfors beslöt sig han sig för att resa dit för att hitta några ledtrådar i sitt fortsatta sökande.

Han knackade därför på dörren till det vita trähuset som låg nere i backen. En gammal dam öppnade. Det var hyresvärdinnan fru Malm. Förlagschefen framförde sitt ärende och fru Malm suckade och torkade en tår ur ögonvrån när hon meddelade att Olof tyvärr avlidit efter en tids sjukdom.

-Var det malarian eller denguefebern eller kanske någon annan sällsynt tropisk sjukdom som hade tagit livet av Olof undrade förlagschefen.

-Nej, svarade fru Malm. Det var sprucken blindtarm.

-Jag förstår, det är inte lätt att få adekvat sjukvård när man befinner sig på andra sidan jordklotet i det mörkaste Afrika eller ute på avlägsna atoller i Mikronesien.

-Det känner jag inte till försäkrade fru Malm. Han dog på rummet. Jag tror inte han någonsin lämnade det. Inte ens för att gå ner och hämta posten. Den fick man bära upp till honom.

-Nu förstår jag inte. Pratar vi om samma man? undrade förlagschefen förvirrat. Menar ni den stora globetrottern och äventyraren som rest jorden runt och skrivit prisbelönta reseguider?

-Ja, de där reseguiderna har jag bläddrat i. Den om Gävle var mycket intressant. Men det var väl bara sånt som han hittade på väl? Jag tror inte Olof ens hade rest utanför kommunen innan den sorgliga olyckan hände. Efter att hans fru och barn drunknade i älven har han inte lämnat det där rummet vad jag vet, ja, inte förrän han dog det vill säga då fick han ju resa bort till kyrkogården för den sista vilan. Han har iallafall inte rest någonstans vad jag vet för jag gick ju upp med maten till honom varje dag och då satt han där vid fönstret böjd över sina böcker och skrev.

Det här kan inte stämma tänkte redaktören. Det är något skumt i görningen.

-Går det bra att jag får se hans rum?

-Javisst, men jag har inte hunnit städa ut det ännu. Det har varit så mycket annat att stå i de senaste månaderna.

Fru Malm ledde förlagschefen upp för en brant trappa och öppnade en dörr. Det var ett litet vindsrum med ett bord och en stol vid fönstret, en kronblomssoffa som fungerade som säng och en liten gjutjärnsspis för värme och matlagning. Taket sluttade så förlagschefen fick på vissa ställen bocka sig för att inte slå i huvudet. På väggarna satt kartor uppsatta med röda knappnålar över alla de platser som Olof besökt. På bordet låg Nordisk familjebok volym S uppslagen på Santiago och bredvid en bunt tättskrivna papper som förlagschefen plockade upp och läste några rader från: "Santiago denna chilenska pärla med sitt myllrande folkliv, där varje andetag fylls med bergskedjan Andernas smaker och dofter..."

Han kände igen stilen och som genom ett trollslag var det som om han befann sig vid Santiagos huvudgata full med liv, rörelse, röster, dofter, smaker och känslor. Han tyckte nästa han kunde känna den lite kyliga vinden från Andernas snötäckta bergstoppar på sin nakna hud. Men om detta var samma Olof som hade skrivit alla de reseguider som förlaget gett ut och som aldrig hade lämnat sitt rum då...förlagschefen bleknade inför den katastrof som han såg segla upp framför sig. Hur många faktafel fanns det inte i böckerna? Hur många arga läsare, kritiker och återförsäljare skulle jaga eller kanske till och med stämma honom för att ha gett ut alla dessa fiktiva reseguider? Hur skulle det gå med hans förlag? Han var ruinerad. Efter att den första chocken hade lagt sig tackade förlagschefen skyndsamt fru Malm och begav sig i hast tillbaka till kontoret i Stockholm.

Väl tillbaka på kontoret samlade han ihop ett par av sina mest kunniga och trogna redaktörer och gav dem order att genast börja faktagranska varje litet ord i Olofs reseguider. Varenda uppgift skulle kontrolleras i jakt på faktafel och oegentligheter. Efter några dagar samlades redaktörerna igen för att avlägga rapport på förlagschefens kontor.

– Nå hur ser det ut? Är vi ruinerade!? utbrast förlagschefen och vred händer nervöst.

-Jag vet inte hur jag ska säga det började en av redaktören. Allt är i sin ordning, allt stämmer, visserligen är några platser lite ålderdomligt stavade, förmodligen avskrifter ur nordisk familjebok, men det är några saker som förbryllar oss.

-Vad då!? utbrast förlagschefen.

-Du säger att han aldrig reste utanför sitt rum under alla dessa år?

-Ja tyvärr är det så. Han reste inte någonstans under alla dessa år, det har jag noga kontrollerat.

-Det finns nämligen detaljer i guiderna som man omöjligt kan slå upp, utan som man måste ha upplevt på plats. Han skriver i sina guider om saker som inte ens finns omnämnda i någon annan litteratur, som i guiden från Tanzania, där han skriver om en blomma som han ser på väg upp till Kilimanjaro som inte upptäcktes förrän förra året och som bara har omnämnts i en vetenskaplig artikel på tyska. Och i guiden från Rio de Janeiro finns några exempel på maträtter på en lokal krog i hamnen som man i princip måste ha varit på plats för att känna till, det står ingenstans om det i någon annan bok, eller den hälsningsfras som han nämner under sitt besök i Kashmir som är väldigt lokal och som det tog oss mycket möda att kontrollera. Slutligen fick vi tag i en indisk språkforskare som blev väldigt förvånade att vi kände till den då han själv var helt ovetande om den förrän några månader sedan.

-Men vad är det ni försöker säger? utbrast förlagschefen.

-Att guiderna är korrekta, ja mer än så, de innehåller information och detaljer som är så speciella att man måste ha varit på plats för att kunna skriva om dem. Det går inte att förklara det på annat sätt. Hur vill ni att vi ska göra med guiderna? Ska vi dra in dem och makulera hela upplagan och skicka ut ett pressmeddelande och be om ursäkt och försöka bortförklara det hela?

-Nej, för guds skull, då blir vi ruinerade. Om de är korrekta så spelar det väl ingen roll om skribenten varit på plats eller inte, men vi håller tyst om det här. Förstått? Inte ett ord till någon om detta.

Nu är det ju många år sedan guiderna gavs ut och de börjar kännas lite ålderdomliga i språket och utformningen. Förlaget finns ju inte heller och nu när de flesta söker information på nätet, så blir det knappast tal om några nyutgåvor. Olof Viklunds reseguider håller därför sakta men säkert på att försvinna ur historien. Men den som besöker antikvariat Boksvängen i Stockholm kan fortfarande, med lite tur, hitta en sliten reseguide om Prag, Eskilstuna eller New Delhi av Olof Viklund på hyllorna.

Guldtallen och Skvadern

Det var på hösten det hände. Erik Selander hade gett sig ut för att plocka skogens guld ute på Finnmarkens myrar för att tjäna några extra slantar till familjen som hade det knapert. När han stod där böjd med kåsan över en tuva som dignade av guldgula mogna hjortron såg han något i ögonvrån som rörde sig. Han kikade försiktigt upp men kunde inte till en början få ihop det han såg. Det såg ut som det stod en hare och en tjäder bredvid varandra bakom blåbärsriset. Men så började haren hoppa iväg längs myrkanten in mot skogen. Erik trodde inte sina ögon. Det var en Skvader, detta märkliga mytomspunna djur som är till hälften en hare och till hälften en tjäder. Precis som många andra hade Erik hittills trott att det var bara en myt men nu såg han en livs levande Skvader framför sig. Han förstod att han bara måste försöka fånga den levande för annars skulle ingen tro honom. Så han lämnade det dignade hjortronbordet bakom sig och började snabbt smyga efter Skvadern som långsamt hoppade vidare in i skogen.

Han följde efter Skvadern allt längre in i skogen, men så var den plötsligt borta. Solen stod lågt och lyste mellan träden. Medan Erik stod där och spanade och lyssnade märkte han hur ett av träden blänkte och bländade honom. Det var en gammal krokig tall som växte borta vid en bäck som lyste och strålade som självaste solen. Den som brukar vara i skogen känner till fenomenet när solen lyser på tallens bark och får den att glittra och lysa i guldrött i solskenet. Det var något som Eriks också hade upplev ett antal gånger, men det var något annorlunda med den här tallen för den glimmade mer och på ett annorlunda sätt. Det var något metalliskt i blänket som väckte Eriks nyfikenhet.

Så han gick närmare och barken lyste verkligen skarpt. Han fick kisa och skugga med handen när han kom närmare. Han sträckte fram handen och kände på stammen och den var sval och hård, inte alls lik någon bark han kände till. Han drog loss en tunn barkremsa från tallen och granskade den noggrannare. Han kunde inte låta bli att bita i den och häpet konstatera det orimliga, men tallens bark var gjord av ett tunt lager bladguld. Hur var det möjligt tänkte Erik, ett träd mer guldbark? Allt annat på trädet verkade normalt som barr, kottar och grenar, det var bara själva barken på stammen som bestod av tunna näverliknande guldflagor som man kunde dra av. Han såg sig omkring. Bredvid trädet hade bäcken bildat en krök och när Erik såg närmare ner i det mörka vattnet såg han något som glimmade till och när han försiktigt fiskade upp det med handen såg han att det var ett litet guldkorn. Det verkade omöjligt men det var som om tallens rötter sugit upp guldstoftet från bäcken och sedan hade det omformats till guldbark på stammen. Tanken svindlade framför honom. Han skulle bli rik av allt guld han hade hittat.

När han såg upp från bäckens mörka vatten stirrade han rakt in i Skvaderns ögon. Där satt den bara några meter framför honom. Det var som om han blev förhäxad av synen och jaktinstinkten vaknade till liv hos honom och utan att tänka sig för började han att jaga efter Skvadern igen. Han rusade efter den in i den täta skogen, men varje gång han trodde han kunde fånga den smet den undan. Jakten pågick i flera timmar tills mörkret la sig över skogen och då var inte bara Skvadern försvunnen, utan Erik var också vilse. Det blev en kall och ensam natt i Finnmarken för Erik. När solen steg upp över bergen började han frusen och trött försöka hitta vägen hem. Först på eftermiddagen efter en lång och tröttsam vandring lyckade han hitta en skogsväg och efter några timmars vandring nådde han till slut utmattad fram till Habborn.

Erik knackade på i första stugan i byn och fick komma in och värma sig vid elden och värdfolket bjöd på lite gröt och kaffe medan de förundrat lyssnade på Eriks fantastiska berättelse. När Erik hade slutat sin berättelse hördes ett svagt skrockande borta från mörkret av rummet. Borta i torpets dunkla vrå satt gammelfarfar i sin säng. Med sin svaga röst sa han.

-Du had bra tur du pojk. Skvadern är ett trolldjur ser du, den lurar som skogsrået iväg oskyldiga in i de djupa skogarna så de går vilse och aldrig kommer hem igen. Åh, guldtallen, ja, det var länge sedan jag hörde någon nämna den. Du ser det är trollen som brukar plantera dem vid en guldrik bäck, så den kan vaska upp guldstoftet med rötterna sina och bilda ett tunt lager av guldbark på stammen som trollen sen kan riva av och göra guldringar av. Men även guldbarken är förtrollad ser du och har den besynnerliga egenskapen att när den tas bort från trädet så försvinner guldet efter ett tag och kvar blir bara barken. Om du inte är ett troll vill säga, men det är du väl inte va?

Erik sträckte ner handen i fickan och tog upp barken som han hade pillat av från tallen och i skenet från brasan kunde han konstatera att det han höll i handen inte var något annat än en vanlig bit gulfärgad bark från en tall.

Han som hörde norrskenet

När Robert Broman var ung drev han under ett par år ett litet antikvariat i centrala Kramfors. När jag säger litet så menar jag litet. Antikvariatet låg inklämt mellan två hus. Det bestod av en sliten trädörr med en träskylt ovanför ingången med texten "Antikvariat gränden". Om man öppnade dörren och klev in så kom man in i en trång korridor som var ungefär 10 meter lång. Längs väggarna var det fullt med bokhyllor proppfulla med böcker och i slutet av korridoren fanns ett överfyllt skrivbord där Robert Broman själv satt.

Korridoren var så trång att man fick gå i sidled mellan hyllorna i antikvariatet. Det var omöjligt att mötas i korridoren men i mitten fanns en lucka i hyllsektionerna som fungerade som en mötesplats där man kunde passera varandra. Antikvariatet var nämligen byggt i en gränd mellan två hus och var i grunden en ganska primitiv konstruktion. Men "Antikvariat gränden" var populärt då man kunde hitta spännande och ovanliga böcker till bra priser och Robert Broman guidade kunnigt sina kunder rätt bland alla böckerna på hyllorna.

Människor reste från hela länet för att få hjälp med någon bok som de länge hade letat efter och som var svår att få tag i som "Rarnaby Budge" eller en diktsamling av Gustav Hägglund. Hade inte Robert redan boken i sitt antikvariat så brukade han kunna skaffa fram den inom några dagar genom sitt breda kontaktnät. Men så fick någon nitisk tjänsteman på byggnadsnämnden upp ögonen för antikvariatet och kunde efter att ha granskat planritningarna konstatera att någon affärsverksamhet inte var tillåten på platsen och efter liter mer grävande kunde han också se att något bygglov för antikvariatet inte heller fanns. Det hela var alltså frågan om ett svartbygge enligt konstens alla regler. Med hot om vite och kanske även fängelse blev Robert Broman tvungen att flytta böckerna hem till sitt eget hus och riva byggnaden i gränden, men nu det var inte om Robert Bromans antikvariatet som den här berättelsen skulle handla om, utan om Fabian Sjövik, han som kunde höra norrskenet.

Fabian Sjövik var en frekvent besökare hos "Antikvariat gränden". Men det var en trogen kund som aldrig köpte något. Robert Broman misstänkta att Fabian besökte antikvariatet bara för att få lite skydd för väder och vind, för det var alltid vid dåligt väder som Fabian dök upp. Han brukade stå och bläddra på lite måfå bland böckerna. Ibland kunde han ta upp en bok och lägga den mot örat precis som om han lyssnade på den. Robert Broman, som var en social och nyfiken människa, lärde efter ett tag att känna Fabian och de brukade prata om väder och vind, om naturen, hur fisket var i Abborrtjärn eller något annat fiskevatten i Finnmarken. Efter att en lång stund ha iakttagit hur Fabian lyssnade på olika böcker hade Robert till sist frågat honom varför han lyssnade på böckerna?

-För att se om de låter något. Precis som norrskenet förklarade Fabian.

-Norrskenet, undrade Robert. Låter det? Det har jag aldrig hört.

-Jovisst låter det. Är man ute en kall vinternatt mitt i skogen och ser upp mot Plejaderna och norrskenets gröna ridåer leker över himlen så kan man höra rösterna.

-Rösterna? Vad säger de då? undrade Robert misstänksamt.

-Det vet jag inte. Det är inte på ett språk jag förstår, men de har en vacker melodi. Det är som när man lyssnar på Bach, det finns flera olika stämmor som flätas samman, det är som ett musikaliskt stycke, både spännande och skrämmande på samma gång. Jag har försökt att hitta en bok som låter på samma sätt som norrskenet och som kan förklara vad jag hör.

-Jag visste inte att man skulle lyssna på böcker, utan jag trodde man skulle läsa dem.

-Det där med att läsa har jag aldrig förstått mig på. Jag har försökt. I skolan fick vi läsa böcker men jag förstod aldrig vad de ville säga mig förrän jag somnade under en lektion med örat mot en bok och jag vaknade av att en röst surrade i mitt huvud. Det var boken som talade till mig. Jag har alltid haft mycket lättare för att lyssna på saker som träden, stenarna och vinden. De har så mycket att berätta.

-Jaså och vad kan en sten berätta då undrade Robert nyfiket?

-Om ett långt och stillsamt liv, om saknaden efter berget, om hur isarna förde bort den från nära och kära. Hur mossan brukar klia i sprickorna. Om solen som värmer under sommaren och vattnet som tränger in i sprickorna och fryser till is och spränger och värker under vintern.

-Jag förstår. Men hur låter norrskenet då?

-Ungefär så här: Ta, de, um, de, ti, da, ti, de. Det är svårt att få till det så det låter rätt. Men det är korta ord i en mjuk musikalisk rytm i flera olika stämmor. Den får mig att uppfyllas av en slags gudomlig uppenbarelse, samtidigt som jag känner kalla kårar och ett djupt obehag inom mig. Det är som när man står uppe vid kanten på ett högt berg där utsikten över solnedgången är gudomlig, men samtidigt finns det en kraft som vill dra en ner i avgrunden, som lockar en ner i mörkret och vill få en att hoppa över kanten.

Fabian lyssnade frånvarande en lång stund upp mot taket innan han sa.

-Ja tror visst det har slutat att snöa. Jag måste vidare.

Robert såg hur Fabian skyndsamt, i sidled tog sig ut mellan bokhyllorna till dörren och ut på gatan.

Det var det sista Robert såg av Fabian. Han kom aldrig tillbaka och några veckor senare tvingades Robert som sagt stänga antikvariatet. Han hörde av bekanta att Fabian en kväll gett sig ut i skogarna för att titta på ett märkligt intensivt och praktfullt norrsken som spelade över Finnmarken, men att ingen sett honom sedan dess.

-Ja, det var nästan så jag kunde höra hur det knastrade i skyn den natten berättade en man som varit ute och fiskat i Finnmarken samma kväll.

När Fabian hade varit borta ett par dagar började man leta efter honom. Man gick skallgång i skogarna. En av hundarna fick upp ett spår upp vid Lomtjärna som slutade tvärt vid en stövel svart av sot, som stod ensam och övergiven i snön. Fabian såg man inte röken av och vad som hade hänt med honom som hörde norrskenet förblev ett mysterium.

Mästerskap i stockskidning

På stränderna runt älven och i roddbåtar på vattnet hade människorna samlats. En del hade rest så långt som från Härnösand och Junsele för att vara med om när det första mästerskapet i stockskidning skulle avgöras. Det hade varit ett produktivt år under vintern i skogarna och under våren när isen släppt hade man börjat flotta ner timret till det stora sorteringsverket vid Sandslån. Nu låg stockarna på rad som ett furugolv från Hammarsbron ända ner till timmerskiljet nere vid Sandslån där de väntade på att sorteras och transporteras till sågverken längs kusten. Borta vid Hammars bron hade de tävlande ställt upp sig vid startlinjen. Det var ett 10-tal som hade slutit upp i denna märkliga tävling. Med skidor och en båtshake skulle de som Gustav Wasa tävla i det första mästerskapet i stockskidning på Ångermanälven. De skulle på stockarna skida från Hammarsbron ner till Sandslån och vända tillbaka, och sedan tillbaka, och ner igen tills de hade åkt drygt en mil för att till sist gå i mål vid Sandslån.

De hela var bröderna Sundströms fel. Erik och Johan hade under en blöt kväll i timmerkojan börjat skryta om vem som var bäst på att åka skidor. Ända sedan barnsben hade de tävlat mot varandra och i många fall brukade det gå vilt till och leda till blodvite. Även denna kväll hade diskussionen varit hätsk och slidknivarna hade åkt fram, men då föreslog en av de äldre huggarna i kojan att istället för att döda varandra kunde väl bröderna avgöra det genom en skidtävling. Problemet var nu bara att det var i mitten av maj och all snö hade smält bort. Inte ens i skuggan av Getberget, i det köldhål där släkten Hirvenpää bodde kunna man hitta den minsta tillstymmelse till snö. Och vänta tills vintern ville ingen av bröderna göra. De var ivriga att avgöra det hela på direkten antingen med skidor eller med kniven. Det var då Gunnar hade funderat högt för sig själv och sagt att bara man kunde åka på vattnet, om man hade någon form av vattenskidor då kunde de ju tävla på älva. Och det var då Erik kom på att det var ju fullt med stockar på älven ända från Hammarsbron fram till skiljet, de var våta och hala efter att legat i vattnet så de borde vara bra glid på dem, och så kom det sig att bröderna Erik och Johan nu stod under Hammarsbron med skidor och båtshake redo att ge sig iväg över stockarna.

Några andra unga män hade också hakat på, då de tyckte det var en kul grej, ingen förväntade sig dock att någon annan än Erik och Johan skulle vinna för de var kända som goda skidåkare och ingen kunde mäta sig med dem. Ja, naturligtvis hade det varit annorlunda om Lena-Eva, barnmorskan i Finnmarken hade ställt upp. Det fanns ingen i hela Ångermanland som kunde åka lika snabbt som henne. Det spelade ingen roll om det var snöstorm eller 30 grader kallt så skidade hon iväg som blixten genom obanad terräng och kom alltid fram i god tid till avlägsna pörten och torp innan någon hustru skulle föda. Nu tyckte hon att det bara var dumheter att hålla på att tävla i stockskidning och förresten hade hon tidigt på morgonen kastat sig iväg på cykeln för att cykla till Docksta där en fru skulle föda så hon hade inte tid med en sådana token dumheter som hon kallade stockskidningen för.

Nu gick startskottet när kommunordförande sköt i luften med älgstudsaren. Bröderna rusade iväg över stockarna. Redan vid första vändningen hade de skapat en stor lucka till den andra i klungan och vid sista varvet varvade bröderna de andra medtävlande. Det var oerhört jämt mellan bröderna när de kom in på upploppet. Det kunde mycket väl bli dött lopp mellan dem. Men det var då stockarna började röra på sig. Vem vet vad som hände, men plötsligt började de tätt packade stockarna att sära på sig och det uppstod glipor som växte

97

under brödernas skidor. Ungefär hundra meter innan målgången slog en stor glipa upp i älven och det verkade nästan omöjligt för bröderna att ta sig över, men de minskade inte farten utan tvärtom ökade de den. Kanske tänkte de att de kunde glida över vattnet och över mållinjen. Bägge bröderna kom samtidigt fram till luckan och för ett ögonblick såg det ut som om de skulle kunna glida över, men så tog det plötsligt stopp och de försvann under ytan.

Nu var det så olyckligt att en stor bröte med timmer hade lossnat längre upp i älven och kom farande med strömmen och började trycka på bakifrån så att luckan som bröderna fallit ner igenom snabbt täpptes till och fångade dem under de tunga stockarna. Alla insåg genast allvaret i situationen då alla kände någon släkting eller bekant som drunknat på detta fruktansvärda sätt. Män och kvinnor och de andra tävlande skyndade till för med hjälp av båtshakar skjuta undan stockarna och rädda bröderna. Men det var ett hårt arbete och minuterna passerade innan de lyckade få bort stockarna och när de lyckades avslöjades det makabra. Under stockarna, precis vid mållinjen låg de bägge bröderna drunknade sida vid sida. Det verkade som om de försökt att simma den sista biten med skidor och stavar. Precis innan mållinjen hade de sträckt fram armarna i ett försök att bli den första att få staven över mållinjen och vinna. Än idag finns det två läger, Johan anhängarna och Erik anhängarna som var för sig hävdar att de var deras kämpe som var den första att korsa mållinjen, men andra mer oberoende källor hävdar att det var omöjligt att avgöra vem som vann, de var precis lika och dött lopp.

Lön för mödan

I trakterna kring Forsed bodde en skogsägare. Han hade två söner. En sommar körde han ut sina söner, som då var åtta och nio år, till ett stort kalhygge och berättade att de under sommarlovet skulle plantera gran här. Sönerna fick slita från tidig morgon till sen kväll. Deras far hade dessutom besynnerliga idéer om hur plantorna skulle placeras. Varje dag fick de lappar med olika mönster som berättade hur de skulle plantera granarna. Sönerna led och förbannade i tysthet sin stränge far. När de vågade klaga så skakade gubben bara på huvudet och sa:

– Tänk att det är er framtid som växer här pojkar.

När sönerna var 19 och 20 år gamla dog plötsligt deras far. Äntligen tänkte de, får vi vår frihet. Vi kan sälja gården och skogen och göra vad vi vill med pengarna, men så fel de hade. För i testamentet hade gubben skrivit att gården och skogen inte fick säljas på 20 år, inte heller fick skogen avverkas under den tiden. Bröderna hade inget val än att stanna kvar till fristen löpte ut. Det blev 20 långa, slitsamma och fattiga år. Men så kom äntligen dagen då villkoren i testamentet upphörde. Genast började bröderna göra upp planer.

– Det första vi gör, sa den äldre brodern, är att vi avverkar den förbannade skogen som vi blev tvingade att plantera när vi var små. Jag hatar den skogen. Den är upphovet till allt ont i våra liv.

Den andra brodern höll med, för även han hatade den skogen. De började avverka skogen, men på den andra dagen såg de en helikopter som cirkulerade över dem. Efter ett tag började helikoptern leta efter någonstans att landa och hittade till slut en äng en bit bort. Bröderna gick bort till helikoptern för att se efter vad som det var frågan om.

Helikopterpiloten mötte dem och frågade med detsamma.

– Är det ni som äger skogen som ni håller på att avverka?

– Ja, hurså undrade bröderna?

– Har ni sett vad det står?

– Står? Vad menar du? undrade den äldre brodern.

– Ni måste följa med upp. Ni kommer inte tro det om ni inte ser det med era egna ögon.

Något tveksamma klev bröderna in i helikoptern som lyfte och cirkulerade runt hygget innan piloten pekade ner mot marken och sa:

– Ser ni nu?

Bröderna kikade nyfikna ut genom fönstren. De såg ner på skogen och från luften kunde de se att granarna bildade olika mönster. Mönstren var bokstäver och när de stavade sig igenom texten löd den:

Mina kära söner. För ert slit och möda skänker jag er 50 kilo guld som jag har grävt ner vid...

Och där tog texten slut för det var den delen av skogen som bröderna redan hade avverkat. De hade nu gått så vårdslöst fram i skogen att stubbar och mark hade plöjts upp så det var helt omöjligt att veta hur träden hade stått och hur slutet på meddelande löd.

Ja, om bröderna inte är döda vid det här laget, så går de nog fortfarande omkring där på hygget och försöker flytta omkring gamla stubbar och minnas hur de planterade de där granplantorna som skulle bli deras framtid som deras far lovade.

Ungdomssynder

Man säger att skam går på torra land, men nu hade det varit en ovanlig regnig sommar i Kramfors och bäckar, åar och vattendrag hade svämmat över och vattnet forsade fram som en syndaflod över vägar, gräsmattor och fyllde en och annan källare längs vägen. Dessa översvämningar ledde inte bara till allmän ödeläggelse utan också till att en och annan bortglömd synd och hemlighet flöt upp till ytan som Bengt Olssons hembränningsapparat och hans brännvinsflaskor som lättade ankar och seglade ut från källarskrubben rätt i famnen på konstapel Gustavsson som stod i gummistövlar en bit nedanför gatan och dirigerade om trafiken. Eller Gösta Nilssons samling av pornografiska tidningar som flöt fram ur en väl undangömd flyttkartong och som en flock nakna och bystiga sjöjungfrur på upptäcktsfärd följde med vattenströmmen genom ett öppet källarfönster ut i trädgården, där vinden vecklade ut deras glättiga papperssegel och förde dem vidare ut på den översvämmade vägen och nedför backen, rakt mot byns församlingshem där Fru Lundström höll på att ösa vatten för att rädda vad som kunde räddas kunde i Guds heliga hus.

Fru Lundström stod med skurhinken i handen när det genom den öppna dörren kom seglande en armada av blanka och färggranna segelfartyg. Ett av dessa syndiga skepp ankrade till vid Fru Lundströms stövel. Hon böjde sig förvånat ner och plockade nyfiket upp tidskriften. Hon höll den mellan sina fingerspetsar när mittuppslaget långsamt, som en dåligt klistrad tapet, gled isär och avslöjade sitt skamliga innehåll. Fru Lundström stirrade häpet på den unga yppiga kvinnan som låg helt naken på en björnskinnsfäll med en mogen jordgubbe mellan sina fylliga läppar. En sådan skam tänkte hon förskräckt, detta syndiga material måste genast förstöras. Hon lossade försiktigt på mittuppslaget innan hon vek ihop det och stoppade det i fickan på sitt förkläde. Resten av tidningen slängde hon ner i skurhinken och började därefter att bärga de övriga syndiga skeppen som var på drift i Guds hus.

De blöta tidningarna dumpade hon sedan i ett gammalt oljefat som stod på baksidan av församlingshemmet, och som man brukade använda till att elda löv i under hösten. Det krävdes en hel del fotogen innan de dyblöta tidningarna tog fyr, men till slut gick det. I skenet av de helvetiska lågorna från de pornografiska magasinen tog Fru Lundström fram mittuppslaget ur förklädesfickan. Hon vecklade försiktigt ut det och tittade noga på den nakna kvinnan på bilden och konstaterat uppgivit att hon hade varit en riktig skönhet i sina ungdomsdagar, och att hennes liv nog hade sett annorlunda ut, ja förmodligen hade det varit mycket bättre, om hon hade tackat ja till alla de intressanta erbjudanden hon hade fått efter utviket, men istället hade hon skamset återvänt hem till föräldrarna och bett om ursäkt för att hon hade rymt till den syndiga och lockande storstaden.

Smörgåspakken

Nils Nilsson hade ställt motorsågen i blåbärsriset och satt sig på den färska stubben och börjat öppna smörgåspakken som han hade tagit med till lunch. Det var två tjocka skivor med sirapslimpa med mycket smör och prickig korv som han lindat in i ett grovt smörgåspapper. Precis när han skulle ta en tugga av mackan föll en skugga över honom. Han tittade upp och kisade mot solen. En främmande karl i kostym och lågskor stod framför honom. Den unga mannen var gänglig och hade tunna glasögon. Han har nog aldrig svingar en yxa i hela sitt liv tänkte Nils Nilsson och konstaterade att karln verkade helt malplacerad ute på kalhygget.

-Det här är doktorand Erik Bovin från Uppsala universitet, presenterade förman Olsson den unga mannen. Han håller på att samla in material till en bok om folkliga dikter i Ångermanland.

-Goddag sa doktoranden och log nervöst. Jo, som sagt jag skriver en akademisk avhandling om den ångermanländska folkliga verskonsten och undrar om herr Nilsson brukar skriva.

-Skriva? Vad då? Brev? utbrast Nilsson förvånat.

-Nej, mer typ dikter och andra former av verser. Kanske har ni någon huggarsång eller fäbovisa som ni hört av era äldre släktingar eller arbetskamrater som ni vill dela med er av?

-Nej, skrockade Nilsson. Skriva vad skulle det vara bra för?

-Ja tack då för besväret ursäktade sig doktorand Bovin, bockade sig artigt och började avlägsna sig från Nils Nilssons lunchstubbe.

Just då svepte en vind över kalhygget som tog tag i Nils Nilssons smörgåspapper och blåste det rätt framför ögonen på doktorand Bovin som böjde sig ner och plockade upp pappret och granskade det. Doktoranden vände sig sedan om med ett brett leende mot Nilsson och utbrast:

-Men herr Nilsson! Ni skriver ju! Ni är ju en riktig poet!

-Va? Nilsson höll på att tappa hakan. Vad menade karln?

-Åja, var inte blyg. Ni har ju talang.

-Äh, det är ju bara strunt ge tillbaka det svarade Nilsson irriterat, som nu kom ihåg att han plitat ner några rader på smörgåspappret vad han skulle komma ihåg att göra efter jobbet.

– Det är precis den här typen av folkliga, jordnära och genuina dikter som jag söker efter till min avhandling. Jag köper den gärna. Ska vi säga en krona?

-En krona för det där tramset?

– Nu ska vi inte låta Jante trycka ner oss. Den här dikten har många fina kvaliteter. Tro mig herr Nilsson jag har läst många dikter i mina dagar. Den här är mycket intressant. Ni kanske har fler dikter där hemma som ni skulle kunna tänka er att sälja?

Nils Nilsson tänkte just be den unga mannen flyga och fara så han kunde äta sin lunchsmörgås i lugn och ro, då en tanke slog honom. En krona var ju ändå en krona och där hemma låg en hög med gamla använda smörgåspapper som han klottrat ner olika kom ihåg saker på. Kanske kunde man få den där närsynta kontorsråttan att köpa några av dem också?

-Jaså, ni tycker om dem? Ja, några till kan jag nog gräva fram där hemma. Det är ju inget man direkt går omkring och skryter om att man skriver.

-Ni är alldeles för blygsam herr Nilsson. Ni är en stor poet, tro mig. Jag kommer förbi hos er senare ikväll och hämtar upp materialet.

Så kom det sig att Nils Nilssons smörgåspappersklotter hamnade i en akademisk avhandling från Uppsala universitet tillsammans med andra kända ångermanländska folkliga dikter som den kända huggarsången "Herr Gran högg i gran" från

Sågmon, de vackra fäbovisorna från Viksäter, några fräcka visor av Luffar-Lars och några dikter av den stora poeten Gustav Hägglund. På sidan 267 i Erik Bovins avhandling kan man under rubriken "Man tager vad man haver: Exempel på tillfällighetsdikter i den folkliga verskonsten" läsa följande dikt av skogshuggaren Nils Nilsson:

Småspik, typ nubb
ett halvt snöre, smör
lämna tipskupongen
slipa yxan
bensin till sågen
köp fläsksvålen
salva till hemorrojden.

Glöggmingel i den bromanska herrgården

Det var den årliga glöggbjudningen i den bromanska herrgården. Så länge Hilbert Broman kunde minnas hade hans släktingar varje år den tredje advent bjudit in de närmaste vännerna till ett informellt glöggmingel. Hilbert hade efter sin faders död fortsatt att upprätthålla traditionen och i salongen satt nu några utvalda vänner med en varm kopp glögg i handen. I den öppna spisen brann en hemtrevlig brasa och utanför fönstret hade det redan börjat skymma.

-Det har blivit mildare. Igår natt var det riktigt kall, runt 20 grader stod termometern på konstaterade Hilbert och såg hur stora snöflingor virvlade omkring ute i trädgården.
-Kallt och kallt, började Nikko Hirvenpääs. Då skulle du ha varit med när de norrländska mästerskapen i snösimning ägde rum här i närheten. Då var det kyligt.
-Snösimning? Hilbert vände sig om och såg på den gamla mannen som satt i soffan. Det har jag aldrig hört talas om. Vad är det?

Norrländska mästerskapen i snösimning

-Jo det är som simning fast i snön. Min salige farfar Matti Hirvenpää var norrländsk mästare flera år i rad. Han flyttade som bekant med familjen från Finland i slutet av 1800-talet hit till trakten. Vi är ju en släkt som inte gillar värme så vi slog oss ner i närheten av Getberget där det fanns ett riktigt köldhål. Det är nog den kallaste platsen i hela Ångermanland. Men min farfar trivdes aldrig riktigt, han tyckte inte det var kallt nog. Vi har ju efter några generationer börjar vänja oss med värmen, men för Matti var det svårt.

Jag minns när han på ålderns höst nostalgiskt brukade berätta om när han i sin ungdom åkte på en semesterresa till den östsibiriska byn Ojmjakon som han hade hört var ett riktigt köldhål. I normala fall ligger temperaturen runt minus 50 på vintern men har man tur droppar den ner till minus 60 vissa dagar. Min farfar berättade att det var så kallt att slängde man upp en spann med kokande vatten i luften så hade den frusit till is innan den nådde marken. Byborna såg lite underligt på den lättklädda finnen som dök upp en dag i januari när termometern visade minus 57 grader och rädd för att han skulle frysa ihjäl tog de nästan med våld in honom i stugvärmen och hängde treskinnpälsen på honom. Treskinnpälsen hade de skapat för turisterna som vanligtvis kom när det var varmare på våren, då temperaturen sällan kröp under 30 gradersstrecket. Men på vintern kom inga turister eller besökare för då var det för kallt. Pälsen bestod av tre lager med tjockt skinn, det första lagret var fint mårdskinn, därefter tjockt bäverskinn och slutligen sibirisk brunbjörns päls. Det dröjde inte många sekunder innan min farfar slängde av sig pälsen till bybornas förvåning och förargat utbrast på ryska.

-Tänker ni ta livet av mig! Jag svettas ihjäl! Jag kom inte hit för att basta utan för att svalka mig.

Under de närmaste dagarna gick min farfar omkring och njöt av kylan medan ortsborna förundrades över denna besynnerliga utlänning som varken behövde mössa eller vantar och som trots sin tunna klädsel inte verkade bry sig det minsta om kylan.

-Men farfar frös du inte? frågade jag honom en gång som barn efter att ha hört hans märkliga berättelse.

Då lutade han sig mot mig och viskade i mitt öra.

-Jo, lilla Nikko, lite fuskade jag kanske. Jag ville ju inte verka svag inför ryssarna och jag ville visa att en riktig Hirvenpää kunde tåla den ryska kylan, men när det en natt blev minus 61.5 grader kallt ute så blev jag för första och sista gången i mitt liv tvungen att ta på mig långkalsonger när jag skulle gå ut på dasset och skita.

-Treskinnspälsen fick farfar ta med sig hem som en gåva och den hänger fortfarande i farstun på huset och kommer det någon frusen gäst så brukar vi låna ut den. Hilbert kom ihåg pälsen. Han hade själv lånat den en vinterdag när han hade besökt Nikko och termometern låg runt minus 30 grader. Den hade varit riktigt varm och skön att ha på sig.

-Som sagt min farfar gillade ju kylan så det var ju naturligt att han ställde upp i de norrländska mästerskapen i snösimning när de ägde rum under 30-talet. Han vann flera år i rad, men jag tänkte berätta om det sista mästerskapet som ägde rum den historiskt kalla vintern 1941. Det var strax före jul som mästerskapen skulle avgöras på en tjärn uppe i Finnmarken. Temperaturen låg runt -45 den dagen. Av åtta tävlande hade fyra lämnat återbud direkt på morgonen på grund av kylan.

På startlinjen stod de fyra tävlande i badbyxor och baddräkt. De stod barfota på var sin stubbe som fungerade som startpall och väntade på startsignalen. Det var som sagt min farfar Matti Hirvenpää, Lena-Eva Stinadotter, känd barnmorska från Finnmarken, ett rejält fruntimmer med skinn på näsan som aldrig lät någon föderska vänta oavsett snöstorm eller bister kyla, den jämtländska brevbäraren Lars-Erik Laxnäs, som åkte hela vintern i shorts och kortärmad skjorta på sin spark och delade ut post i de avlägsna byarna längs norska gränsen, och slutligen Karna Kyling från Torneträsk en världsberömd och härdad vinterbadare som hade tagit många medaljer under sitt liv.

Funktionärerna stod och frös och man funderade på att ställa in det hela på grund av kylan, men de fyra tävlande insisterade på att få tävla, så man skyndade sig så gott man kunde för att starta tävlingen. När startskottet ekade över den mörka granskogen dök de fyra tävlande ner i sjön. Det var väl en dryg meter lössnö på isen som de försvann ner i, men sen kom det upp igen till ytan och började kravla och sprattla för att ta sig fram genom den lösa snö och de drygt tvåhundra meter som det var till andra sidan av stranden. Det var en spännande tävling, de låg länge jämsides med varandra och det var svårt att se vem som skulle vinna. Men 20 meter före mål rykte Lena-Eva och Lars-Erik och fick ett litet försprång från de andra, men så bara några meter från målgången inträffade det som funktionärerna hade fruktat: Kall-draget, när musklerna drar ihop sig av den extrema kylan och stelnar till i kramp. De fick bära in Lena-Eva och Lars-Erik som stelfrusna statyer in i bastun. Inte ens Karna Kyling lyckades tas sig mål för egen maskin utan fick stelfrusen och huttrande släpas in i värmen. Man öste vatten på bastustenarna så att det ångade av värme i bastun och hällde i de tävlande några supar och masserade deras lemmar för att få liv i deras kroppar. Den första som kvicknade till var den jämtländska brevbäraren Lars-Erik Laxnäs som utbrast.

-Vann Matti Hirvenpää i år igen!

-Hirvenpää? Funktionärerna såg skräckslagna på varandra. Var var Hirvenpää? Han var inte i bastun. Man hade helt glömt bort honom under det tumult som uppstod vid målgången. Man sprang ut på isen och började leta. Det hade börjat skymma ute, men man såg i halvljuset hur de tre andra tävlande hade lämnat tydliga spår i snön när de hade simmat över tjärnen, men från startpallen där Hirvenpää stått syntes inga spår. När man undersökte saken närmare insåg man det fruktansvärda. Hirvenpää hade dykt rakt igenom isen och försvunnit under den. Han var förlorad. Han kunde omöjligt överlevt i det iskalla vattnet. Om han ens skulle ha lyckats hitta tillbaka till hålet.

Borta vid bastun hade de andra deltagarna blivit varma och stod nu och tittade oroligt ut över tjärnen där sökandet höll på för fullt. Plötsligt hörde de ett dovt dunkande ljud.

-De kommer från under isen sa Lena-Eva och gick fram och lyssnade. Jovisst kommer det från isen utbrast hon förvånat och började skyffla undan snön och snart kunde man se klarisen på tjärnen. Inte undra på att hon blev förvånade när hon under isen såg en figur som desperat vinkade. De gick inte att ta miste på vem det var, det var Matti Hirvenpää, min farfar.

Nu var goda råd dyra. Hur skulle de få upp honom ur vattnet? Isen var för tjock, det skulle ta för lång tid att hugga upp en vak. Det var då Karna Kyling kom på den briljanta idén. Bastuaggregatet. Tillsammans hjälptes de åt att bära ut den tunga gjutjärnskaminen från bastun och ställde den på isen. Den glödheta kaminen sjönk i ett stort ångmoln rakt ner genom isen som en varm kniv i ett smörpaket. Ur dimman dök, som en säl, en frustande och huttrande Hirvenpää upp ur ishålet. De andra tävlande skyndade sig att dra upp honom ur det iskalla vattnet och hjälpa honom in i bastun som fortfarande var varm.

-Hur är det fatt undrade de övriga tävlande förskräckta när färgen började återvände till Mattis kinder.
-Jo, det är bra, det var en svalkande simtur jag fick, men det var fasligt svårt att hålla andan. Hade ni inte fått upp mig så snabbt så vet i sjuttsingen hur det skulle ha gått, då hade jag blivit tvungen att bli en fisk för att överleva.

Ja alla var glada över den lyckliga upplösningen på dagen, men några fler mästerskap i snösimning blev det inte. Ingen tyckte det var lönt att tävla så länge Matti Hirvenpää ställde upp.

Näckens unge

Hilbert hade fyllt på glögg åt sina gäster när Sara Grönkvist tog till orda.

-Nikko du nämnde Lena-Eva Stinadotter i din berättelse om de norrländska mästerskapen i snösimning. Lena-Eva var min farfars kusin och som sagt en känd barnmorska och ett redigt fruntimmer. Jag fick aldrig träffa henne själv men har under åren hört en hel del historier av andra släktingar. En historia som jag minns speciellt var den om Näckens unge.

Det var på själva julaftonen som det hela utspelade sig. Mitt i dopp i grytan knackade en andfådd yngling på dörren hemma hos Lena-Eva och berättade att en ung kvinna höll på att föda borta vid Habborn och barnmorskan hjälp efterfrågades. Lena-Eva tog på sig kappan, väskan i handen och satte skidorna på fötterna och skidade iväg bortåt Habborn. Det var en fin och kall vinterdag med skare så det gick rasande snabbt genom skog och över myrar och bara någon timme senare var hon framme vid huset där kvinnan höll på att föda.

Det visade sig att förstföderskan bara var ett flickebarn på 16-17 år. När Lena-Eva frågade efter fadern, möttes hon av en djup tystnad bland de församlade. Flickan hade inte velat avslöja vem det var trots hot och bannor från både föräldrarna och prästen. Hon var väl ännu en av dem som hamnat i olycka på grund av ungdomens felsteg tänkte Lena-Eva dystert. Flickan var dock stark och förlossningen förlöpte utan problem. När Lena-Eva drog ut barnet ur moderlivet rynkade hon förvånat på pannan. Barnets hud var ovanligt slemmigt och huden var blek och nästan genomskinlig. Lena-Eva hade förlöst många barn i sitt liv och det var inte helt ovanligt att barn redan vid förlossningen hade haft en stor kalufs på huvudet, men ett sådant hårsvall, som gick nästan ner till axlarna och som dessutom skiftande i sjögräsgrönt hade hon aldrig upplevt. Men ungen verkade frisk och stark och när hon sett till att barnet fått ett bra grepp om bröstet och börjat suga på patten och modern, visserligen något utmanad, men vid god vigör, verkade må bra, ja, då begav sig Lena-Eva hemåt för att fira jul med familjen.

Men redan några dagar senare blev hon kallad tillbaka till huset. Barnet verkade inte må riktigt bra. Det var otröstligt och huden hade blivit alldeles torr och fnasig. Lena-Eva undersökte barnet och beslöt att prova med att bada barnet med lite olja för att mjuka upp huden. När barnet sänktes ner i badbaljan slutade det tvärt att skrika och vred sig snabbt ur Lena-Evas grepp och till allas förvåning så började det simma omkring och plaska i baljan medan det förnöjt nynnade på någon märklig melodi. Lena-Eva gav modern rådet att bada barnet varje dag med några droppa olja för att hålla huden mjuk och slät. Något annat fel kunde hon inte hitta på barnet.

När Lena-Eva hade vägarna förbi Habborn brukade hon ibland besöka modern och se hur det gick med det märkliga barnet. Det växte som andra barn. Håret hade fortfarande en grön nyans och ungen fick ständigt vaktas för han ville alltid gå ner till bäcken för att titta på vattnet. Barnet visade sig också var mycket musikaliskt. Det lärde sig vid tidig ålder att spela mungiga, munspel och flöjt.

En sommar när barnet var runt fyra år och det var dans på logen fick det tag i en fiol som en av spelmännen hade lämnat kvar under en paus. Barnet tog upp fiolen och började spela som om han inte hade gjort något annat i hela sitt liv. Det var en medryckande polska som fick folket att ryckas med och vilja dansa. För se det var en lustiger dans och man tjoade och tjimmade och dansade tills svetten rann längs ryggen. Efter ett tag blev man trött i benen och ville vila, men se det gick inte att sluta att dansa. Och pojken han ökade bara takten på polskan så det blev en vanvettiger dans. Ingen vet hur det hela hade slutat om inte prästen hade kommit förbi just då och titta in i logen och sett hur de stackars människorna utmattade och plågade dansade omkring på golvet och då förskräckt utbrustit: "Men sluta spela för Guds skull pojk!" Vid den heliges namn slutade pojken tvärt att spela och började förskräckt att gråta.

Nu förstod alla vem fadern till pojken var. Det var självaste Näcken. Det var inte helt ovanligt på den här tiden att Näcken förförde unga flickor med sitt vackra utseende och sitt fiolspel. Näckens ungar brukade vara väldigt musikaliska och hade lätt att lära sig olika instrument, men då de varken kände sig hemma på land eller i sjö, brukar de med åren bli melankoliska och många gick ett tragiskt öde under ungdomsåren och dränkte sig av sorg.

Prästen som visste hur det brukade gå med Näckens barn, tänkte att med Guds vägledning skulle han kanske kunna rädda det stackars barnet. Så pojken fick redan vid unga år läsa för prästen för att driva bort det okristliga ur kroppen och nog verkade det ha hjälp, för Oskar växte upp till en duktig och berömd spelman med ett glatt och ljust sinne, ja, iallafall tills hans kära Emma dog och han blev tvungen att bege ner sig till underjorden för att hämta hem henne igen, men det är ju en annan historia som ni vet.

Spårsnö

-På tal om det övernaturliga sa Anders Andersson borta från soffan. Så kommer jag ihåg en berättelse som min farfar Evert Näslund som var polis berättade för mig när jag var liten. Polisen i Kramfors hade fått in uppgift om en försvunnen person, en viss Fabian Sjövik som varit borta ett par dagar. Han hade enligt uppgift gett sig ut i Finnmarken, i trakten kring Lomtjärna för att titta på, eller lyssna på norrskenet som han hade sagt till en bekant. Norrskenet hade varit ovanligt kraftfullt och märkligt någon vecka före jul, då den här berättelsen utspelade sig. Det hade varit kallt några dagar och snöat så skogarna var riktigt vintriga med en decimeter nysnö. Man hade samlat ihop några karlar och hundar för att gå skallgång borta vid Lomtjärna. Hundarna fick efter någon timme upp ett spår och man hittade fotspår vid kanten av tjärnen som ledde vidare in i skogen. Efter några hundra meter hittade man ett en övergiven stövel, svart och bränd, stående helt övergiven mitt i snön. Det märkliga var att det inte fanns några fotspår eller liknande från stöveln. Hundarna kunde inte heller hitta något spår. Det var som om personen som hade gått in i skogen bara hade gått upp i rök och lämnat en stövel efter sig.

Det hade börjat skymma så man beslöt att söka runt tjärnen en sista gång för att se om man hade missat något innan man gjorde kväll. Min farfar beslöt sig för att klättra upp på en bergsknalle som låg i närheten för att få en överblick över terrängen. Han fick pulsa upp i nysnön för den branta sidan och blev alldeles svettig av ansträngningen. När han kom upp såg han att det på toppen växte en liten spenslig tall som hade en märklig metallisk gnistrande bark. Från toppen kunde han också se ut över tjärnen och skymtade i skymningen ficklamporna från männen som rörde sig i skogarna runt tjärnen som mystiska lyktgubbar. När han tittade närmare på tjärnen så såg han ett mönster i snön. Det måste ha varit efter männen som gått omkring och letat på tjärnen tänkte han. Det var ett ovanligt mönster som spåren hade bildat. Det påminde om en stjärna med sju spetsar där stigarna förband de olika delarna i ett avancerat ornament. Där männen hade gått skimrade snön i ett svagt grönaktigt sken.

Det mörknar snabbt vid den här tiden som ni vet, så min farfar beslöt att dra sig hemöver men först tittade han närmare på tallen och tänkte att den nog kunde passa som bordsgran. Den var visserligen inte det vackraste träd han hade sett, men det var något annorlunda med den som gjorde att han ville ha med den sig hem. Så han tog fram kniven och täljde av den tunna stammen och började sedan klättra ner för berget med granen i handen.

När han kom ner tog han på sig skidorna och ropade på de andra, men då han inte fick något svar och inte kunde se de andra skidade han iväg genom skogen till skogsvägen där de skulle samlas efteråt.
När han kom fram var det bara polisassistent Björksson kvar.
-Det tog sin tid sa Björksson. Jag höll på att frysa ihjäl medan jag väntade på dig.
-Nåja, så länge kan du inte ha väntat svarade min farfar lite syrligt. Jag såg ju hur ni gick runt tjärnen för bara en halvtimme sedan.
-Nähä du, jag har stått här i nästan två timmar nu. Karlarna tröttnade ganska snart efter du begav dig av och åkte direkt hem sen. De ville väl hem till sina familjer och äta kvällsmaten.
- Men jag såg ju hur ljusen rörde sig runt tjärnen och hur ni hade gått fram och tillbaka över tjärnen och letat.

-Vad jag vet så var det ingen som var ute på tjärnen, vi åkte bara längs stranden. Isen är för tjock. Det är ingen som kan ha gått ner sig där och förresten så borde vi ha sett fotspåren i så fall, men det var inga fotspår på isen.

-Märkligt sa min farfar, jag tyckte att jag såg spår på isen.

-Det var kanske några älgar som traskat över efter vi hade lämnat. Det finns ju gott om älg i de här skogarna.

-Ja, kanske det.

-Vad är det där? Björksson pekade på tallen som farfar höll i handen.

-Det är en bordsgran som jag tänkte ta hem.

-Du vet väl om att det är en tall? Och något snyggare kunde du väl ha hittat och tatt hem? Därborta vid vägkanten växer några smågranar som ser betydligt bättre ut.

-Kanske det, men nu vill jag ha den här.

-Du gör som du vill. Ska vi bege oss hemåt kanske?

-Ja det är väl bäst. Vi kommer inte längre idag. Farfar la granen i kofferten och så körde de hemåt genom den mörka Finnmarksskogen.

När min farfar kom hem ställde han granen på bordet i köket och i ljuset från lamporna såg han att den blänkte ännu mer så han blev tvungen att ta fram kniven och tälja bort en bit av den märkliga barken för att undersöka den närmare, och vet ni vad? Det var inte bark utan guld. Hela stammen var invirad i ett tunt lager bladguld. Jag inte undra på att min farfar blev förvånad. Efter julen sålde han guldet och det blev en bra slant som han använde till att köpa sig en sommarstuga ute i Norrfällsviken för. Men vad hände med Fabian Sjövik undrar ni säkert? Ja, det är väl uppenbart att det var rymdvarelser som hade kidnappat honom och strålat upp honom till sitt rymdskepp så det var bara stöveln kvar i skogen. För vad jag vet var det ingen som återfann honom igen.

Epilog: Journalanteckning av dr Molander rörande patient H

Hilbert tog upp den gulnade mappen från skrivbordet. På framsidan var det skrivet med bläckpenna. Patient H #72 och mitt på mappen stämplat med röd färg: Sekretess och Björknäs Mentalsjukhus. När han öppnade mappen hittade han ett maskinskrivet formulär som han genast började läsa:

Patienten är i medelåldern. Ger ett städat intryck. God hygien och välvårdad klädsel. Verkar vara i god fysisk form. Inga spasmer, nervösa ryckningar, ticks eller flackande blick har observerats vid samtalen. Patienten uppträder vid samtalen lugnt och behärskat. Är redig och sammanhängande i tanke och tal. Verkar vid inledande samtal som normal, men desto längre samtalet fortskrider avslöjas hans absurda och galna vanföreställningar och hans oförmåga att skilja på verklighet och fantasi.
Diagnos: Galenskap. Prognos: Obotlig. Åtgärd: Inspärrning.

Anteckningar från samtal den 22 september.
Han tänkte bli galen, ja, inte på en gång. Det förstod ju var och en att galenskap var en gradvis process. Det tar tid att utveckla full galenskap. Först tänkte han bli annorlunda, sedan konstig, sedan besynnerlig, för att så småningom bli halvgalen, men till slut skulle ändå vansinnet ta överhand och han skulle bli fullständigt galen. Han hade gjort en noggrann och detaljerad plan hur det hela skulle gå till. Följde han bara den målmedvetet så skulle han säkert lyckas bli galen, eller vad tror ni doktor Molander?

Doktor Molander tittade upp på honom från pappret som han höll på att läsa.
-Så det här är alltså din plan för att bli galen?

-Ja, precis. Vad tror doktorn kommer den att fungera eller har jag missat något?

-Bara att göra upp en plan för att bli galen är för mig ett tecken på galenskap.

-Ja, men vad säger ni om min plan? Skulle den fungera?

-Om en normal människa skulle följa den här planen så är jag ganska övertygad om att han skulle bli galen.

-Normal människa? Ni menar en som jag?

-Vi har diskuterar det här flera gånger H. Ni sitter inspärrad på den här intuitionen för att ni är galen. Ni är inte normal. Er plan har redan lyckats, mer galen än ni kan man knappast bli.

-Doktorn skämtar med mig. Jag som är så vanlig och normal. En riktig medelsvensson.

-Tvärtom, ni är fullständigt galen. Ni tror ju att ni är en karaktär i en roman. Och inte nog med det, den karaktär ni har valt är en författare som skriver om andra påhittade författare. Jag vet inte ens hur jag ska kunna börja nysta i denna vansinniga fantasi. Det är så många lager av galenskap att man själv kan bli tokig att tänka på det.

– Bli inte tokig min kära doktor det ligger inte i er karaktär.

-Min karaktär.

-Ja, ni måste väl vid det här laget ha listat ut att ni bara är en karaktär i en av mina berättelser?

-Ni är tokig på riktig. Jag är ingen fiktiv karaktär i någon berättelse!

-Tvärtom så är ni lika påhittad som jag.

-Som ni?

-Jag är också bara en karaktär i en berättelse. Allt sker i medvetandet hos vår skapare, författaren som skriver den här berättelsen.

-Förstår jag er rätt, så inbillar ni er inte bara att ni är en fiktiv författare som skriver om andra fiktiva författare, ni tror dessutom att ni är skapad av en annan författare?

-Ja, så är det. Jag ser att ni förstår.

-Nej, jag förstår inte alls. Ni kom till den här intuitionen för flera år sedan, då ni inte längre kunde skilja på verklighet och fiktion. Ni var en vanlig arbetare som på fritiden skrev lite noveller, men efter ett tag började era fantasier ta över ert liv och ni inbillade er att ni var en riktig författare och ni började sedan hitta på en massa andra författare som ni blev redaktör för och började ge ut på ett påhittat förlag. Ni utvecklade med tiden schizofrena drag då ni trodde ni att ni var de andra författarna ni hade skapat och ni drabbades dessutom av paranoida drag där ni skapade en konspirationsteori med besynnerliga inslag som kunde förklara alla oklarheter och luckor i er påhittade berättelse. Ni kunde inte längre sköta ert jobb eller ta hand om er själv så man blev tvungen att tvångsomhänderta er. När jag undersökte er kunde jag bara konstatera att ni var fullständigt galen och behövde vård på ett mentalsjukhus resten av livet.

-Ja precis, så långt har doktorn förstått berättelsens struktur. Förutom den delen med att jag är galen. Jag är som sagt författare och jag har ett förlag där jag ger ut andra författare. Jag har till och med publicerat en nobelpristagare och många andra kända och okända författare och poeter från trakten. Jag tror nog att doktorn har läst några av mina antologier?

– Ja, det har jag i rent medicinskt syfte. Det är skrämmande läsning och visar hur djupt ni har fallit ner i galenskapens mörker. Ingen människa vid sina fulla sinnen skulle kunna skriva något så obegripligt och förvrängt.

Hilbert såg upp från dr Molanders anteckningar och tänkte att det här är väl ändå höjden av galenskap. Men varför fanns denna hemiga journal i hans släkts arkiv och vem var denna mystiska H?